光文社文庫

文庫書下ろし／長編時代小説

慟哭（どうこく）

鬼役 十七

坂岡　真

光　文　社

この作品は光文社文庫のために書下ろされました。

目次

※巻末に鬼役メモあります

幕府の職制組織における鬼役の位置

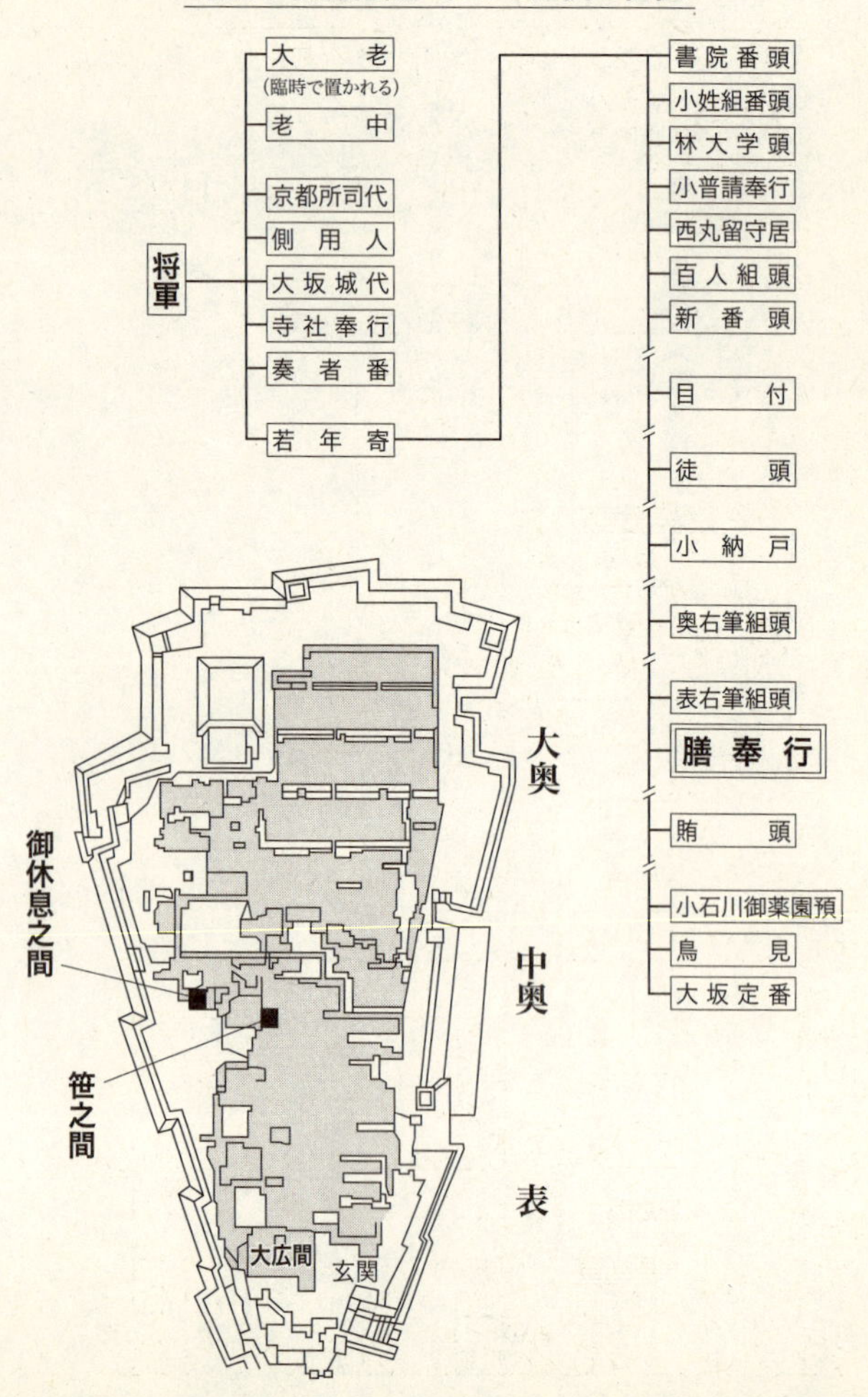

鬼役はここにいる！

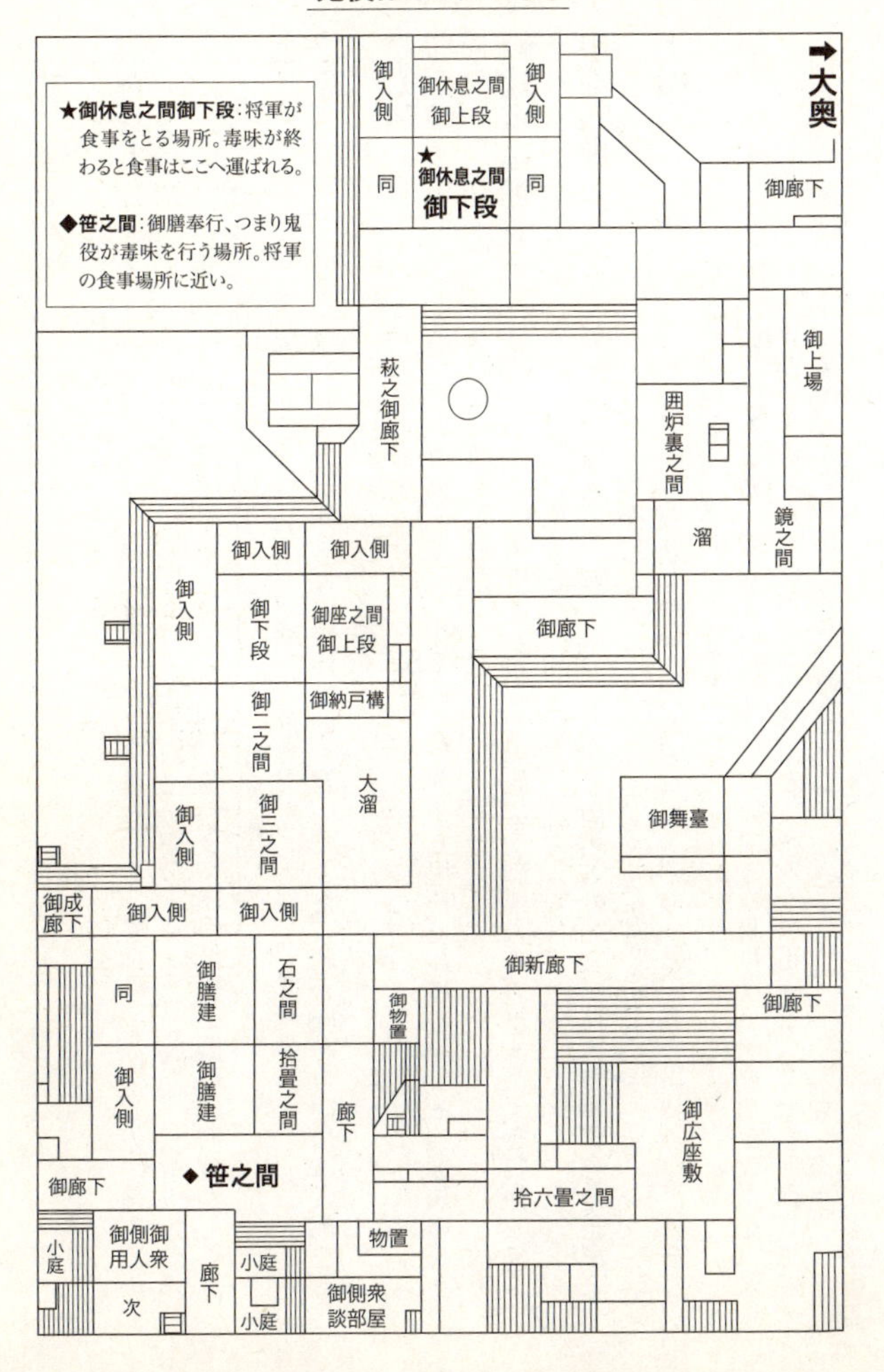
★御休息之間御下段：将軍が食事をとる場所。毒味が終わると食事はここへ運ばれる。
◆笹之間：御膳奉行、つまり鬼役が毒味を行う場所。将軍の食事場所に近い。
大奥
御入側
御休息之間御上段
御入側
同
★御休息之間御下段
同
御廊下
萩之御廊下
御上場
囲炉裏之間
溜
鏡之間
御入側
御入側
御入側
御下段
御座之間御上段
御廊下
御納戸構
御二之間
大溜
御入側
御三之間
御舞臺
御成廊下
御入側
御入側
御新廊下
同
御膳建
石之間
御物置
御廊下
御入側
御膳建
拾畳之間
廊下
御広座敷
御廊下
◆笹之間
拾六畳之間
小庭
御側御用人衆
廊下
小庭
物置
次
小庭
御側衆談部屋

主な登場人物

矢背蔵人介……将軍の毒味役である御膳奉行。またの名を「鬼役」。お役の一方で田宮流抜刀術の達人として幕臣の不正を断つ暗殺役も務めてきたが、指令役の若年寄・長久保加賀守に裏切られた。その後、御小姓組番頭の橘右近から再び暗殺御用を命じられているが、まだ信頼関係はない。

志乃……蔵人介の養母。薙刀の達人でもある。

幸恵……蔵人介の妻。徒目付の綾辻家から嫁いできた。蔵人介との間に鐵太郎をもうける。弓の達人でもある。

鐵太郎……蔵人介の息子。

卯三郎……納戸払方を務めていた卯木卯左衛門の三男坊。わけあって天涯孤独の身となり、矢背家の居候となる。

綾辻市之進……幸恵の弟。真面目な徒目付として旗本や御家人の悪事・不正を糾弾してきた。剣の腕はそこそこだが、柔術と捕縄術に長けている。

串部六郎太……矢背家の用人。悪党どもの臑を刈る柳剛流の達人。長久保加賀守の元家来だったが、悪逆な遣り口に嫌気し、蔵人介に忠誠を誓う。

土田伝右衛門……公方の尿筒持ち役を務める公人朝夕人。その一方、裏の役目では公方を守る最後の砦。武芸百般に通じている。

橘右近……御小姓組番頭。蔵人介のもう一つの顔である暗殺役の顔を知る数少ない人物。若年寄の長久保加賀守亡きあと、蔵人介に正義を貫くためと称して近づき、ときに悪党の暗殺を命じる。

鬼役 十七

慟哭

善知鳥（うとう）

一

天保（てんぽう）十年（一八三九）、霜月三日。

初登城から間もない新米大名にとって、千代田城の本丸は迷路にも等しい。

風折烏帽子（かざおりえぼし）に照柿（てりがき）色の大紋（だいもん）を纏（まと）った年若い殿様も、どうやら厠（かわや）を探しているうちに表向きから中奥（なかおく）へ迷いこんでしまったらしく、蒼醒（あおざ）めた顔で御膳所（ごぜんしょ）手前の廊下をうろうろしていた。

矢背蔵人介（やせくらんどのすけ）は朝餉（あさげ）の毒味御用を済ませ、笹之間（ささのま）から廊下へ逃れてきたところで殿様をみつけた。

「もし」

表坊主の幸阿弥がやってきた。

声を掛けるには、少しばかり遠い。

躊躇していると、廊下の向こうから、表坊主の幸阿弥がやってきた。

表坊主は城内の案内役ゆえ、任せておけばよいと判断し、ことばを呑みこむ。

ところが、幸阿弥は殿様に気づいた素振りもみせず、くるっと踵を返した。

「あやつめ」

蔵人介は低声で毒づき、一歩踏みだす。

すると、今度は肩衣に半袴の新番士が控部屋から顔を出した。

名は荒巻右京、大身旗本の御曹司だ。

新番頭を長く勤めあげた親の七光りで役に就いた。癇の強いところは父親譲りで、眉間に刻まれた深い縦皺が性悪さを際立たせている。

「幸阿弥ではないか、ここで何をしておる」

荒巻に誰何され、表坊主は青剃りの頭を垂れた。

「はい、津軽さまのご指示で折の手配を」

「なるほど、おぬしは津軽十万石の家頼であったな。折の手配やら貸し畳やらで年にいくら貰うておる」

「六両にござります」

「ほっ、阿漕(あこぎ)な。坊主丸儲けとは、おぬしのことよ」

「お戯(たわむ)れを。荒巻さまは津軽さまお出入りのご大身、お手当の額を申せば、それがしなんぞ足許(あしもと)にもおよびますまい」

「あたりまえじゃ。家禄三千石の直参(じきさん)と表坊主を同等に語るでない」

「へへえ」

「まあよいわ。おぬしは何かと役に立つ。本丸の地獄耳とも綽名(あだな)されておるからな」

「お褒めに与(あずか)り、嬉しゅうございます」

「褒めてなどおらぬ。ところで、昼餉に供する折の中身は何じゃ」

聞かれて幸阿弥は、得意げに胸を張る。

「最北の津軽さまだけに、棒鱈(ぼうだら)だけは欠かせませぬ」

「ぬへへ、棒鱈か。さもあろう」

市井(しせい)では、間抜けや野暮天(やぼてん)のことを「棒鱈」と呼ぶ。

ふたりはすぐそばで大紋を纏った殿様が困っているのを承知していながら、不謹慎な会話をもてあそんでいるのだ。

新番士は公方家慶(くぼういえよし)の警固役なので誇りだけは高く、小大名をあからさまに蔑(さげす)むようなことも平気でやってのける。ことに、荒巻右京は家が三河以来の大身旗本であることを鼻にかけ、周囲に波風を立てては日頃から楽しんでいた。

　下手に関わっても益はないので、蔵人介は物陰から様子を窺うことにした。

　若い殿様は業を煮やしたように、疳高い声を張りあげる。

「おぬしら、津軽公を愚弄しておるのか。無礼であろう」

「へっ」

　荒巻は今気づいたように、わざとらしく驚いてみせた。

「おやおや、どちらさまであられましょうや」

「松平主税頭頼位じゃ」

「ほほう、松平主税頭さま。おい、幸阿弥。どちらのご当主か、わしにじっくり教えてくれぬか」

「お安い御用にござります。恐れ多くも、こちらさまは御三家水戸さまが御支藩、常陸国宍戸藩一万石のお殿様であられまする。皐月のなかごろ、第七代頼筠さまご逝去にともない、ご後継となられたやに聞きおよんでござりまする」

　表坊主の分際で大名の紹介におよぶとは言語道断、本来ならば斬って捨ててもかまわぬところだが、殿中においては刀を抜くこともできない。いずれにしろ、口さがない表坊主ひとりを処断したとあっては器量の小ささを問われるため、とどのつまり、黙って見過ごすしかなかろう。

幸阿弥は狡猾にも、そこまで見越したうえで喋っている。

荒巻は喉仏をひくつかせ、声も出さずに笑った。

「一万石なれど、御家門は御家門。幸阿弥よ、さすれば、主税頭さまの殿中御席は」

「大広間かと」

「ふうむ、大広間と申せば、中奥からはもっとも遠き御部屋、ここまでいたるには松竹の両御廊下を渡り、白黒両御書院の脇を擦りぬけてまいらねばならぬな」

荒巻は嘲笑いつつ、宍戸藩の藩主に正対する。

そして、歌舞伎の立役よろしく、大見得を切った。

「大紋烏帽子で得手勝手に御城内を歩きまわるのは御法度にござる。御城内の御定式をご存じないとなれば、一国を治める主人としての器量が問われますぞ」

「……な、何じゃと」

主税頭は怒りで声を詰まらせ、顎をわなわなと震わせた。

幸阿弥はさすがに恐れをなしたのか、音も起てずに消えてしまう。

荒巻は「ふん」と鼻を鳴らし、傲岸不遜になおも皮肉を並べたてた。

「拙者は、家禄三千石の直参旗本にござる。上様に万が一のことあらば、まっさきに命を投げださねばならぬのがお役目、目白台の御上屋敷でのうのうとお過ごしになるお殿様とは異なり申す。御上屋敷に戻られたならば、御定式を一からおさらいなさるがよろしゅうござろう」

「……ま、まだ言うか」

主税頭は眦を吊りあげ、脇差の柄に手を添える。

「抜きまするか。抜けば、素首を失いまするぞ。宍戸藩一万石もお取り潰しとあいなりましょう。いいえ、それだけではござらぬ。ご本家にも難がおよぶのは必定、斉昭公が烈火のごとくお怒りになりましょうな。それでも抜くと仰せならば、この荒巻右京にも覚悟はござる」

些末な矜持を保つために、小大名の怒りを煽って楽しんでいる。

噂に違わぬ性悪男だなと、蔵人介はおもった。

ともあれ、主税頭に抜かせてはまずい。

「こほっ」

蔵人介はわざと空咳を放ち、薄暗がりからゆらりと身をかたむけた。

「何やつじゃ」

厳しく反応したのは、荒巻のほうだ。

蔵人介は返事もせず、ふたりのそばへ近づいた。

荒巻は眸子(まなこ)を細め、長い顎をしゃくる。

「おぬし、鬼役か。たしか、矢背蔵人介とか申したな」

「いかにも」

「廊下の隅で盗み聞きしておったのか」

「滅相(めっそう)もござりませぬ」

「されば、何用じゃ」

「用はござりませぬ。御膳所裏の厠から笹之間へ戻るところにござります」

「ふん、二百俵取りの骨取り侍め。わしと対等に口を利くでない」

「誰何(すいか)なさったのは、そちらでござりましょう」

「そちらとは何じゃ。わしを知らぬのか」

「失礼ながら、存じあげませぬ。拙者、みずからの役目しかみえぬ棒鱈者ゆえ、中奥勤めの方々についても、どなたがどなたやらいっこうに」

「何じゃと、無礼者め」

荒巻は脇差ではなく扇子を抜き、つつっと近づくや、鼻面めがけて突いてくる。

蔵人介は鼻先一寸で扇子を避け、わずかに体を開いて右足を差しだした。

「うわっ」

荒巻は爪先を引っかけ、つんのめるように転びかける。

「おっと、危ない」

蔵人介は重いからだを抱きとめつつ、主税頭に目配せをおくった。

若い殿様は我に返り、袖をひるがえすや、御膳所裏へ消えていく。

「たわけ、放さぬか」

言われたとおりに手を放すと、荒巻は数歩退がって襟を直した。

主税頭が居なくなったのに気づき、地団駄を踏んで口惜しがる。

「鬼役め、よくぞ遊びの邪魔をしてくれたな」

「拙者は何もしておりませぬ」

「ふん、ごまかされぬぞ。おぬしの噂は聞いておる。幕臣随一の剣客らしいな。されど、噂は噂じゃ。わしの十文字槍に掛かれば、赤子の手を捻るようなものよ」

「ほう、十文字槍を使われまするか」

「宝蔵院流の免許皆伝じゃ。覚禅坊胤栄の再来と言われておるわ」

誰に言われているのか知る気もないが、新番士に十文字槍の遣い手がいるというはなしは聞いていた。荒巻右京の並々ならぬ自信は、曲がりなりにも槍術を究めたことからきているのかもしれない。

「城外であれば、おぬしを串刺しにしておったところよ。むふふ、それにしても、主税頭のうろたえぶりをみたか。城内の作法もわからぬ藩主など、消えてなくなればよいのじゃ。そもそも、一万石の大名なぞ、あってなきに等しいわ。ま、鬼役ごときに何を言うても詮無いことじゃがな」

荒巻は胸を反らして嗤い、新番所へ消えていく。

蔵人介は舌打ちしたくなった。

まったく、暇をもてあます新番士の悪ふざけにしては、たちがわるいと言わざるを得ない。主税頭も黙って引きさがるとはおもえず、どちらにしろ禍根を残すことになりはせぬかと案じられた。

人の気配に振りむけば、さきほど消えたはずの幸阿弥が柱の陰から覗いている。三白眼に睨みつけてやると、こんどこそ尻尾を丸めて廊下の向こうへ逃げていった。

おおかた、小大名と大身旗本のやりとりは尾鰭をつけ、一刻も経たぬうちに城じゆうへ広まるであろう。

「鼠め」

蔵人介は端正な顔をしかめ、苦々しげに吐きすてた。

二

ちぎり蒟蒻の煮染めで一杯飲りたくなり、城からの帰り道に神楽坂上の『まんさく』へ足を向けた。

氷雨の降る急坂を振りかえっても、用人の串部六郎太は従いてこない。『まんさく』の板場で包丁を握るのは実父の孫兵衛なので、父子水入らずのひとときに水を差さぬようにと、余計な気をつかっているのだ。

孫兵衛はかつて、叶という姓を持つ御家人だった。天守番として三十年余りも幕府に奉仕し、隠居すると決めた途端、あっさり侍身分を捨てた。忠義一筋の反骨漢にそう決断させたのは、もともと『まんさく』を営んでいた女将のおようであった。孫兵衛は蔵人介に連れられてきて、客として通っているうちに淡い恋情を抱くようになり、いつのまにか、酌をされるほうからするほうへまわっていた。

もちろん、おようとは夫婦の契りを交わしている。孫兵衛は若い時分に愛妻を病気で失い、男手ひとつで蔵人介を育てあげた。唯一の望みは息子を旗本の養子にすることであったが、舞いこんできた縁組みの相手は将軍家の毒味を家業にする矢背家だった。

毒味役は死と隣りあわせゆえに、周囲から「鬼役」と呼ばれている。公式行事では布衣も許されぬ二百俵取りの軽輩であるにもかかわらず、小骨一本たりとも取り残しの許されぬ神経の磨りへる役目だ。「出仕の際は首を抱いて帰宅する覚悟を持て」と、亡くなった養父からは厳しく教えこまれた。

十一歳の蔵人介を誰もが敬遠する毒味役の家へ差しだしたことは、今でも孫兵衛にとって心の重荷になっているようだった。

そんな父親を安心させる意味合いもあり、蔵人介は足繁く『まんさく』へ通う。妻の幸恵や息子の鐵太郎を連れていったこともあったし、鬼役の後継者と定めた居候の卯三郎を引きあわせたこともあった。矢背家の血統を継ぐ養母の志乃だけは、本人の遠慮もあるせいか、いまだ連れていったことはない。いずれ近いうちに『まんさく』の敷居をまたがせようと、蔵人介は秘かにもくろんでいた。

いずれにしろ、孫兵衛にはいつまでも元気でいてほしい。第二の人生を彩りのあるものに変えてくれたおようには、どれだけ感謝してもし足りなかった。

甃の小径は雨に濡れ、櫟や小楢の朽ち葉が堆積していた。

左右には武家屋敷が立ちならび、まっすぐ進めば軽子坂へ出る。

蔵人介は立ちどまって蛇の目をたたみ、四つ目垣に囲まれた簀戸門を抜け、瀟洒な仕舞屋の板戸を開いた。

賑やかな笑い声が耳に飛びこんでくる。

客をあしらう見世は狭く、鰻の寝床のようだ。

見慣れぬ客がひとり、細長い床几に座り、包丁を握った孫兵衛に顔を向けていた。

ふたりは蔵人介に気づき、同時にこちらを振りむく。

温厚そうな面立ちの客は、月代も無精髭も伸びた五十がらみの浪人者だ。

「おっ、来おったな。ちょうど、おぬしの噂をしておったところじゃ」

いつになく上機嫌な孫兵衛の後ろで、おようが品よく微笑んでいる。

客の横に腰を落ちつけると、おようがさっそく熱燗をつけてくれた。

「下りものの新酒じゃ。ほかでは呑めぬぞ」

と、孫兵衛が自慢する。

出された熱燗からは、吉野杉の香りが匂いたっていた。

笹之間で毒味をする酒は灘産や伊丹産の高価な代物ばかりだが、味わって呑むことはまずない。

「ほれ、おぬしの好物じゃ」

とんと置かれた平皿には、ちぎり蒟蒻の煮染めが盛ってある。

かたわらの客が、さも嬉しそうに笑った。

「拙者もいただきました。わかります。その煮染め、いちど口に入れたら病みつきになり申す」

浪人の笑顔は人懐こく、悪人にはみえない。

どことなく潮の香りがするのは気のせいか。

孫兵衛が身を寄せ、塩辛の猪口を差しだす。

「こちらはな、大間小五郎さまと仰る。一年ほど前、坂向こうの藁店に引っ越してこられたのじゃ」

「ほう、藁店に」

職人から侍まで、生活に難儀している連中の集まる貧乏長屋だ。

「およう が買いだしの帰りに転んで足を挫いてな、たまさか通りかかった大間さまに背負っていただいた。おようを担いで神楽坂を上り、ここまでわざわざ運んできていただいたのじゃ。葱や青菜も背負ってきてくれてのう、まこと親切なお方よ」

「それはそれは、たいへんお世話になりました」

蔵人介が頭を下げると、奥に引っこんでいたおようが恥ずかしそうに顔を出す。右足を引きずってはいるものの、痛みはそれほどひどくもなさそうだ。

「申し遅れました。拙者、矢背蔵人介と申します」

「伺いましたぞ。公方さまのお毒味役であられるとか。たいへんなお役目にござりましょうな」

「いいえ」

謙遜してみせると、すかさず、孫兵衛が口を挟んだ。

「養子縁組が昨日のことのようじゃ。拙者は何日も寝ずに悩み申した。お旗本と養子縁組をおこなうことこそ、うだつのあがらぬ御家人の抱いた夢とは申せ、わが子を好んで毒味役にする親など、どこにもおりませぬわい。されど、今は亡きご先代に懇々と説かれましてな。『武士が気骨を失った泰平の世にあって、命を懸けねばならぬお役目なぞ他にあろうはずもなかろう』と」

「ご先代のおことばに、お心を動かされたのでござるな」

「さよう」

蔵人介は十七歳で跡目相続を認められたのち、七年におよぶ修行に耐え、二十四歳のときに晴れて出仕を赦された。

毒味作法のいろはを教えてくれた養父の信頼は、鬼のように厳しい人だった。よくぞ過酷な修行に耐えられたものだと、蔵人介は今でもおもうことがある。

養子に向かう日の朝、孫兵衛に「おぬしとは今日から父でも子でもない」と告げられたが、蔵人介は実父の目に光るものをみつけていた。それから数年のあいだは、孫兵衛の期待にこたえたい一念で修行に明け暮れたのだ。

「『毒味役は毒を啖うてこそのお役目。河豚毒に毒草に毒茸、なんでもござれ。死なば本望と心得よ』と、ご先代はこれに告げられた。それがご遺言であったと知り、ことばを失いましてな。壮絶と申せば、あまりに壮絶なお覚悟にござる」

それほどの覚悟がなければ、鬼役などつとまるものではないと、孫兵衛はあらためて肝に銘じたという。

「こやつの面前で申すことではないが、拙者はわが子を誇りにおもっているのでござります」

隠れて酒でも舐めていたのか、孫兵衛の顔は茹で海老のように赤い。

「『死なば本望と心得よ』か」

大間は先代の台詞を噛みしめ、くいっと酒を干す。

「矢背どの、毒を啖うたことはおありか」

「ええ、何度かござります」

「生死の境を行き来なされたのだな」

「されど、今はこうして生きております。死が間近にあるからこそ、生きていることをありがたいとおもうのかもしれませぬ」

蔵人介の脳裏に、ふと、鬼役を継がせると決めた若者の顔が浮かんだ。

実子の鐵太郎ではなく、養子に迎えることになった卯三郎の顔だった。

蔵人介は、孫兵衛も知らぬ密命を帯びている。近習を束ねる小姓組番頭の橘右近に命じられ、悪事不正をおこなう幕臣たちをみつけだし、隠密裡に成敗しなければならなかった。鬼役を継ぐ者は刺客となって人を斬らねばならず、おのずと剣術に秀でた者でなければつとまらない。

鐵太郎は幸か不幸か剣術の才に恵まれず、みずから鬼役の資質がないことを悟ったのか、医術を学ぶために大坂へ旅立っていった。一方、運命の糸に導かれたかのように矢背家の居候となった卯三郎は、剣聖と称される斎藤弥九郎の門弟として練兵館で屈指の腕前を持つ。胆力にも秀でており、蔵人介は慎重に資質を見極めたうえでみずからの後継に選んだ。

今でも逡巡はある。

はたして、卯三郎に毒を啖わせてよいものか。

たとえ相手が悪党だとしても、人を斬らせてよいものかどうか。

血の繋がりはなくとも、父子の情は日ごとに深まっていくばかりだった。

過酷な試練を負わせることに平気でいられるはずはない。

「きれいごとかもしれませぬ」

「えっ」

「それがしの吐いた台詞でござる。死が間近にあるからこそ生は輝いてみえるなど と、毒味役が易々と口にしてよい台詞ではありませぬ。ところで、大間どの、お子はおありか」

「養子に出した息子がひとりおります。拙者のあとを継ぎ、とある藩に召しかかえられ、それなりに出世もしてくれました。ところが、今から二年前のある日、役目に向かったさきで行方知れずとなったのでござる」

「えっ、それはまことか」

「生きておれば、二十四になり申す」

蔵人介は驚きつつも、冷静に問うた。

「浪人になられたのは、ご子息をお捜しになるためなのか」

「まあ、そうかもしれませぬ」

大間はことばを濁し、むっつり口を噤んでしまう。

気まずい空気を読んだかのように、おようが平皿を目のまえに置いた。

「棒鱈にござります」

「ほう、これはありがたい」

大間は棒鱈を齧り、美味そうに咀嚼する。

そして、おようの注いだ下り酒を呷った。

「ぷはあ、美味い。この世の至福とは、まさに、このことにござろう」

「ぬはは、大袈裟じゃのう」

孫兵衛は笑い、大間もつられて笑う。

何やら、笑った横顔が淋しげにみえた。

他人に言えぬ事情を抱えているのであろう。

蔵人介は、遠慮がちに水を向けた。

「大間どの、差しつかえなくば、籍をおかれていた藩は何処か、お教えくださらぬか」

「弘前藩津軽家にござります」

津軽家と聞いて、城内でのことをおもいだす。

大間は、新番士の荒巻右京が「棒鱈」と呼んだ津軽の殿様に仕えていたのだ。

「生まれ故郷は外ケ浜の蟹田にござります。と、申しても、おわかりにはなられますまい。外ケ浜は陸奥の最果て、京のやんごとなき貴族たちは古来より陸地の尽きるさきと呼び、鬼が棲むと信じておったやに聞きまする。なるほど、地吹雪の舞い狂う極寒の地にちがいない。さしずめ、拙者は鬼の末裔にござりましょう」

鬼と言えば、京の洛北に棲む「鬼」こそが「矢背」の語源となる八瀬衆であった。

人並み外れた体格を持ち、皇族の輿をも担ぐ「力者」にほかならず、戦国の御代には禁裏の間諜となって暗躍した。闇の世では「天皇家の影法師」と畏怖され、絶頂期の織田信長でさえも闇の族の底知れぬ能力を懼れた。

八瀬の民は鬼の子孫であることを誇り、鬼を祀ることでも知られる。事実、集落の一角にある「鬼洞」という洞窟では、都を逐われて大江山に移りすんだ酒呑童子が祀られていた。

矢背家は八瀬童子の首長に連なる家柄であった。女系で血統は志乃が継いでおり、先代の信頼も御家人出身の養子である。

蔵人介も養子ゆえ、鬼の血は流れていない。されど、いざとなれば鬼と化す覚悟はある。それもあってか、最果ての国から江戸へ流れてきた大間小五郎には格別の親しみを抱かされた。

「蔵人介よ、さあ、呑め。久方ぶりに酔うてみよ」

孫兵衛はみずから、下りものの新酒を注いでくれる。

気づいてみれば、へっついにかけられた土鍋がぐつぐつ音を起(た)てていた。

「泥鰌(どじょう)鍋じゃ」

生きたままの泥鰌を土鍋にぶちこみ、牛蒡(ごぼう)の笹掻(ささが)きといっしょに煮立てるのである。

「からだが暖まるぞ」

孫兵衛のことばに、大間は眦(まなじり)をさげた。

「ふうむ、醬油の香りがたまらぬ」

「仕上げは溶き玉子を流しこむのよ」

口のなかに唾(つば)が溜まってくる。

家で待つ志乃や幸恵も、孫兵衛の見世に立ち寄ったと聞けば、遅い帰りを許してくれるにちがいない。

「よし、今宵はとことん呑みあかそう」

手にした盃を呷ると、甘辛い銘酒が喉元を通りすぎ、臓腑に滲みわたっていった。

三

五日は一ノ酉、孫兵衛は商売繁盛を祈念し、浅草の鷲神社へ熊手を買いにいったはずだ。

一方、蔵人介は千代田城中奥の笹之間に座り、朝餉の毒味にいそしんでいた。

栗、柿、銀杏、木耳に松茸、大根に蕪、鰤にはらご、そして雁に合鴨と、時節の食材を使った料理が膳に並び、公方が箸をつけるかどうかもわからぬ甘鯛の尾頭付きについても、とどこおりなく骨取りを済ませた。

小納戸方が最後の膳を抱えて退がり、ほっと肩の荷をおろしたのもつかのま、対座する相番の桜木兵庫が身を乗りだしてくる。

「あいかわらず、見事な箸さばきにござった。矢背どのの手にかかれば、何もかも骨抜きにされてしまう。こほほ、それは魚にかぎったことではありますまい」

つまらぬことを抜かすなと胸の裡に囁き、鬼役にしては肥えすぎた相番をぎろりと睨めつけてやる。

それでも、ふてぶてしい桜木は喋りをやめない。

「ほれ、その眼差しがたまらぬ。三座の役者顔負けの切れ長の眸子で睨まれたならば、吉原の傾城もいちころにござろう。ぬふふ、まあそう怒らずに。拙者のはなしをお聞きくだされ」

前置きの長い河豚男はどうやら、表坊主の幸阿弥が城内に広めた噂を聞きかじったようだ。

「家禄三千石のご大身が一万石の御家門を軽くあしらったはなし、顛末をお知りになりたくば、もそっと近う寄りなされ」

手招きされても石のように動かず、蔵人介はいっそう鋭い目で睨みつける。

桜木は太鼓腹をぽんと叩き、おどけてみせた。

「矢背どのだけに、痩せ我慢は禁物にござる。ぬはっ、御膳所そばにて交わされた双方のやりとり、矢背どのは物陰からそっと窺っておられたのでござろう」

「はて、何のことやら、身におぼえはござらぬが」

「おとぼけなさるな。恐ろしい鬼役が盗み聞きしておったと、お調子者の表坊主がほざいておりましたぞ。宍戸藩のお殿様は憤懣やるかたなく、口さがなき直参旗本を手討ちにするとお叫びになったとか」

桜木はこちらの表情を窺おうと、顔をかたむけて下方から覗きこむ。

「おや、驚かれぬのか。さすが、矢背どの。毒を啖うても平気の平左でいられる肝っ玉の持ち主じゃ。無論、お殿様の逆鱗は家臣たちに伝わり、血気盛んな下士のなかには刺客を買ってでる者もあるとかないとか。一方、直参旗本とて黙ってはおりませぬ。何せほれ、短慮で名を馳せた新御番頭の御曹司、父君に輪をかけた癇癖持ちの御仁だけに、売られた喧嘩は買ってやると息巻く始末。さあ、大名と旗本が沽券を懸けたこの喧嘩、城内の取りまきどもは、鍵屋の辻の仇討ちの再来と期待しながら、息をひそめて模様眺めをきめこんでおりまする」

河豚男が辻講釈師にみえてきた。

それにしても、鍵屋の辻の仇討ちとは大袈裟すぎる。

岡山藩池田家の家臣の刃傷沙汰が外様大名と直参旗本の面子をかけた争いに転じ、一方の仇討ちに加勢した荒木又右衛門の活躍が世間の注目を浴びたのは、今から二百年もむかしのはなしだ。

爾来、大名と旗本が正面切って角突きあわせた例はない。

蔵人介はうんざりしつつも、はなしの真偽を問いたくなった。

少なくとも、宍戸藩の殿様は、口さがなき直参旗本を「手討ちにする」とは発しておらず、幸阿弥がおもしろおかしくはなしを誇張したのはあきらかだ。

「むふふ、宍戸藩の連中に憤懣が燻っておるのは確かでござろうが、容易なことでは動きますまい。何せ、荒巻家は津軽十万石の出入旗本、いざとなれば津軽家が後ろ盾になりましょう。大きな声では申せませぬが、津軽公は家臣たちからも『夜鷹殿』と綽名されるほどのうつけゆえ、下手に突っつけば藪蛇になるのは必定。御家門とは申せ、一万石のお殿様が片意地を張って勝てる相手ではござらぬ」

要するに、荒巻右京の背後にはうつけの当主を擁する津軽十万石が控えているので宍戸藩は手を出せぬと、桜木は読んでいる。

なるほど、津軽家は二代つづいて暗愚な当主に治められていた。

先代の寧親は、何かと張りあってきた盛岡藩南部家に対抗して家格をあげるべく奔走し、諸処に金品をばらまいて嗣子信順の正室さがしをおこなった。まずは近衛家先代の娘と婚約させ、その娘が夭折すると、つぎは徳川一門の田安家に触手を伸ばした。最初は鋭姫、鋭姫亡きあとは妹の欽姫と婚約を結ばせたのだ。おかげで官位を得、石高の高直しにも成功したが、婚約を結ぶために使った賄賂は数十万両におよび、先々代の名君信明によって築かれた蓄財は底をついてしまった。

しかも、今から十四年前に跡を継いだ信順は政事などそっちのけで遊興に耽るうつけ者。参勤交代の際なども本陣に遊女を呼んで夜通し酒にびたりで、行列の江戸到着が遅れそうになったことが何度もあった。遅参は改易を覚悟せねばならぬ藩の一大事、あるとき、代々家老を任されていた高倉盛隆が「何卒、お心をお改めくださいまし」と、皺腹を切って諫言した。にもかかわらず、信順の行状に変化の兆しはみられなかったという。

あるいは、領内巡察と称して大仰な行列を組み、花火見物やねぷた見物に繰りだしては藩費を浪費し、江戸表にあっては本所にある油問屋の娘を見初めて側室に迎えるなどして、家臣団からも反感を買った。津軽家の借金は七十万両まで膨れあがったとの噂が流れると、ついに幕閣も捨ておけなくなり、早々に厳しい処分が下されるのではないかとの憶測も囁かれている。

「されど、ここだけのはなし、肝心の上様はうつけの夜鷹殿をおもしろがっておられるご様子とか」

桜木はしたり顔で囁く。

「聞くところによれば、総触れの合間などに『棒鱈、棒鱈』と津軽公を親しげにお呼びになり、何かおもしろい余興はないかと水を向けられるのだとか。そうしたご様子をみせつけられているだけに、幕閣のお歴々もおもいきった処断を下すことにためらいがおありなのでござろう」

はなしは御膳所そばの諍いからおもわぬほうへ逸れたが、蔵人介は途中から興味深く耳をかたむけていた。それというのも、津軽公の発案で本丸と二ノ丸を隔てる白鳥濠に能舞台が築かれるという噂が飛び交っているからだ。

「それよそれ。白鳥濠の水上舞台こそが、上様お望みの『おもしろい余興』なのではござるまいか」

霜月に三ノ酉まである本年は、大火事に見舞われる恐れがある。そのため、城内に水上舞台を築き、能を舞うことで厄払いをしてはどうか。水上舞台という奇抜な趣向をおもいついたのが、津軽の夜鷹殿らしかった。

ただし、誰もが興味をしめしつつも、趣向の中身を知る者はいない。

「このはなしがまことなら、趣向の出来不出来が津軽十万石の命運を左右することになるやもしれぬ。されど、いまだ、深い御濠に支え柱を立てる気配すらない。残された日数は二十五日を切ったというに、支え柱もなしに、いったいどうやって能舞台を築くのか、誰もがみな首を捻っており申す」

舞い手も演目も公表されていないのに、三ノ酉にあたる二十九日に御前能が催されることだけは、幕臣のあいだでも暗黙の了解になっているという。

「能舞台に欠かせぬのは、橋懸かりにござる。ふふ、津軽家の命脈を繋ぎとめる橋懸かりが築かれねば、上様の御心にも暗雲が垂れこめようというもの」

火伏せ祈願の能だけに、本丸大広間の能舞台ではなく、敢えて白鳥濠に水上舞台を設えねば意味はない。それがいかに無謀なことかと、誰もが本心ではおもっている。

「津軽は仕舞いかもしれぬ」

白鳥濠の御前能は、うつけの殿様が打った捨て身の秘策かもしれず、公方家慶の課した難題だったのかもしれない。

ともあれ、今の時点では開催の見通しすら立っていないのだ。

「小大名と新番士の揉め事から、はなしが妙なほうに逸れましたな」

相番の声を聞きながしつつ、蔵人介は大間小五郎の顔を思い浮かべていた。

大間も少し前までは、津軽家の家臣だった。

何やら、因縁を感じざるを得ない。

「矢背どの、当面は津軽家から目が離せませぬぞ。ぬひゃひゃ」

河豚男は腹を突きだし、二重顎を震わせて笑う。

いつまでも笑っておると、口に擂(す)り粉木(こぎ)を突っこむぞ。

睨みつけても桜木は黙らず、何がそれほど可笑(おか)しいのか、のどちんこをみせて笑いつづけた。

四

三日後。

霜月八日は初子(はつね)の子祭り、子の月の初子は子ノ刻に大黒天(だいこくてん)を祀る。子だくさんの鼠にあやかって、子授けや商売繁盛を祈念し、近くの寺社に大豆や二股大根を奉納する。

蔵人介は孫兵衛につきあい、神楽坂上の『まんさく』にほど近い筑土八幡(つくどはちまん)へやってきた。

参道の露店には「福来」と表示された二股大根が並び、飛ぶように売れていく。

「さすがに、縁起物じゃわい」

孫兵衛はおように頼まれ、本殿脇で売っている燈明の心を買いにきた。子祭りの日に求めた燈心は子燈心と呼び、家内の災厄を除くと信じられている。

「からりと晴れたのう」

「まことに、冬日和とはこのことにござりましょう」

ふたりは肩を並べ、のんびりと参道をたどった。

石段を上った本殿の奥には、高僧最澄の手になる阿弥陀如来像が安置されているというが、蔵人介は目にしたことがない。境内には、幕初のころ田安御門のそばにあった明神社も移されているらしかった。

「ほれ、あれをみよ」

孫兵衛が指をさしたさきには、色鮮やかな衣を纏った女官たちがいる。

おおかた、御三卿田安家の奥向きに仕える者たちであろう。

同家縁の明神社詣にかこつけ、芝居見物でもして帰るにちがいない。

なかでも、一段と派手な衣を纏ったのが、田安家の姫であろうか。

蔵人介の目はしかし、姫に注がれてはいない。

衆目を集める女官のなかに、ひとりだけ身のこなしに隙のない娘がまじっていた。

茶に近い無地の衣を纏い、髪は「しの字」の椎茸髱に結っている。

さほど身分の高い女官ではなかろう。田安家の姫を守るくノ一であろうか、などと想像を膨らませつつ、蔵人介は娘の眉間にある白毫のごとき黒子をみつめた。

「これ、奥女中なんぞに見惚れておるでない。海内一の弓取りと言われる幸恵どのに尻を射抜かれるぞ」

「はあ」

先を急ぐ孫兵衛の痩せた背にしたがい、本殿につづく石段を上っていく。

突如、帛を裂くような悲鳴が響いた。

「ひゃああ」

振りむけば、奥女中や参拝客たちが蜘蛛の子を散らすように逃げている。

ぽっかり空いた参道脇には、薄汚い身なりの浪人が石灯籠を背にして立っていた。

衣の乱れた姫を左腕に抱え、喉元に白刃を突きつけているのだ。

「狼藉者、おやめなさい」

浪人に向かって、叱責の声が飛んだ。

たったひとりで対峙するのは二本差しの従者ではなく、眉間に黒子のあるさきほどの女官だ。

短刀を逆手に握り、裏白の足袋で躙りよろうとする。

「近寄るでない。近寄れば、姫の命はないぞ」

浪人が叫んだ。

女官は怯まず、凛然と発する。

「田安家の姫君と知っての狼藉か」

「ふん、誰でもよいわ。今すぐ、五百両持ってこい」

浪人はひどく酔っているようで、呂律がまわっていない。

蔵人介は孫兵衛に目配せをして、石段を一段抜かしに飛びおりた。

人垣をつくりはじめた野次馬を掻きわけ、最前列に進み、白刃を翳した浪人に斬りこむ隙がないか見定める。

「あっ」

石灯籠の背後に、人影がひとつ近づいていた。

気配を殺して浪人の後ろにまわりこみ、有無を言わせずに腕を搦めとるや、素早く当て身を繰りだす。

「うっ」

浪人は白目を剝き、仰向けに倒れていった。

一瞬の出来事だ。

助けられた姫は、へなへなとその場にくずおれてしまう。

「姫君」

黒子の女官が駆けよった。

窮地を救った人影も、うらぶれた浪人のようだ。

しかも、かなり年を食っている。

「もしや、あれは」

驚いた。

大間小五郎にまちがいない。

野次馬のなかには、歓声をあげる者もあった。

人垣の狭間から、大柄な月代侍が踏みだしてくる。

太い眉が一本に繋がった猪侍で、家来をふたりしたがえていた。

「感服、感服」

大声をあげながら近づき、狼藉者を後ろ手に縛るようにと家来に命じるや、大間のほうに向きなおる。

「いやはや、見事なお手際でござった。拙者、宍戸藩の馬廻衆を束ねる奥村軍兵衛と申す者でござる」

強面の男が羽織る着物の袖には、奥村姓に因んだ永楽銭の家紋が白抜きに染められていた。

逆しまに姓名を尋ねられ、大間が遠慮気味に頭をさげる。

「名乗るような者でもござりませぬが、大間小五郎と申します」

ふたりが挨拶を交わしているところへ、田安家の女中頭らしき薹の立った女官も礼を言いに近寄ってくる。

姫はほかの女官たちに囲まれて参道を戻り、すでに駕籠のなかへ身を隠していた。

一方、縄を打たれた狼藉者はうなだれ、宍戸藩の連中に引かれていく。

野次馬たちは罵声を浴びせたが、なかには「もっとしっかりやれ」と煽る不謹慎な者もあった。

それにしても、大間に声を掛けたのが宍戸藩の者とは因縁めいている。

蔵人介が振りかえると、孫兵衛がようやく追いついてきた。

「もしや、あれは大間さまではあるまいか」

惚けたことを口走り、右手をあげて「おおい、おおい」と呼びかける。

その声は大間にも届き、向こうもこちらをみつけたようで、気恥ずかしげに手を振ってみせた。

「わしは、その御仁をよう知っておる」

孫兵衛は聞かれてもいないのに大声をあげ、意気揚々と近づいていく。

「事情あって今は浪々の身であられるが、藩を栄えさせるにはまたとない人材にござるぞ。長らく直参をつとめておった叶孫兵衛が太鼓判を押しましょう」

本人は一所懸命だが、太鼓判を押されたほうは迷惑であろう。

後ろから従いていく蔵人介は、赤面せざるを得なかった。

それでも、奥村軍兵衛はうるさがりもせず、大様(おおよう)に微笑んでみせる。

大間はしきりに恐縮しながら孫兵衛に礼を言いだす始末、野次馬どもがうんざりした顔で散っていくなか、蔵人介は眉間に黒子のある女官のすがたを捜していた。

五

五日後。

十三日は空也上人(くうやしょうにん)の忌日、辻裏には茶筅(ちゃせん)売りの叩く鉢の音が響いている。

宍戸藩の藩主と新番士の確執は沙汰無しとなり、筑土八幡で見聞きしたことも忘れかけていた。ここ数日は孫兵衛のもとを訪ねていないので、大間小五郎が宍戸藩とどうなったかも知りようはなく、このまま会わずにおけば、大間とも疎遠になるのであろうと考えていた。

そうしたなか、志乃のもとへ意外な人物が訪ねてきた。

筑土八幡の境内で目にした田安家の女官である。

眉間の黒子が記憶に刻みこまれていた。

もちろん、名も素姓も知らず、ましてや、矢背家や志乃と浅からぬ因縁で結ばれていることなど知る由もない。

蔵人介は家長として紹介に与るべく、志乃から客間に呼ばれた。

いかなる相手の面前でも堂々としている志乃が、落ちつかない様子にみえる。

下座に腰を落ちつけると、女官は挑むような眼差しを投げかけてきた。

肌は陶器のように白く、あどけなさの残る顔が可憐で美しい。

おそらく、二十歳を越えてはおるまい。

短刀を逆手で握った娘とは、まるで別人のようだ。

御三卿の奥向きに仕えるだけあって、立ち居振る舞いは堂に入っている。

所作に一分の隙も見いだせないところから、やはり、忍びの修行を積んだ者ではないかと推察された。

「こちらは、水口伽耶どののじゃ」

緊張のせいか、志乃の声はわずかに上擦っている。

理由はすぐにわかった。

「村雲一族の水口家と申せば、おぬしとて耳にしたことはあろう」

「はい」

村雲一族は戦国の御代まで、天皇家に仕えていたとされる忍びだ。水口家は一族の主筋で、その暗躍ぶりが危険視されたため、織田信長配下の羽柴秀吉によって根絶やしにされたとおもわれてきた。

「世間を謀る作り話じゃ。水口家は命脈を保っておる。伽耶どのは同家のご長女でな、近衛さまの御指図で身分素姓を偽り、御三卿田安家の奥向きに仕えておるのじゃ」

「近衛さまの」

言うまでもなく、近衛家は公家の最高位にあたる五摂家のひとつだ。今の当主は近衛忠熙、従一位の官位で内大臣をつとめ、京の御所におわす仁孝天皇のご信頼もことのほか厚いという。

「幕閣の動向を探るためにござります」

と、伽耶はあっさり言ってのけた。

「それは八瀬衆の正統を継がれる志乃さまも同じはず。ご家業の鬼役は幕臣どもを謀る仮のすがたにござりましょう」

比叡山の麓に暮らす八瀬衆は薪炭を生活の糧にしており、山林の伐採権をめぐって延暦寺としばしば対立してきた。今から百三十年ほど前の宝永年間になり、老中の秋元但馬守喬知が公平な裁定を下したことによって、八瀬衆の伐採権が保全されることになった。そのときなども、近衛家が幕府にはたらきかけた口添えが功を奏したと言われている。

近衛家と八瀬衆は主従の関わりにあると言ってもよく、込みいった事情は志乃にも聞かされていたが、あくまでもそれは洛北に住む八瀬衆の事情にほかならず、江戸に移った矢背家は近衛家の命を受ける立場にない。

伽耶は誤解しているのだと、志乃が困惑した顔で伝えてくる。

「お父上の鉄斎どのとは若い時分に気心を通じた仲でな、伽耶どののことは赤子のころから存じておる。この手でおむつを替えてやったこともあったわ」

「おやめください。恥ずかしゅうございます」

「まあ、お聞きなされ。わが矢背家は三代前より故郷の洛北を離れ、江戸を安住の地に定めております。徳川幕府への忠心に嘘偽りはなく、ましてや、幕閣の動向を探るような命は帯びていないのですよ」

伽耶は耳許まで赤らめ、身を乗りだしてくる。

「それは、わたくしの聞いていることと異なります。江戸で万が一のことがあったときは、志乃さまを頼れと、父は申しておりました」

「頼っていただくのは嬉しいが、幕府の不利になるような間諜の任を手伝うわけにはまいらぬ。せっかくいらしていただいたのに、お役に立てずに申し訳ござりませぬ」

志乃が誰かに頭をさげるのを、蔵人介は初めてみたようにおもった。

「あいわかりました」

伽耶は身を引き、表情を消す。

「おおかた、わたくしが田安家の色に染まったのではないかと、お疑いになっておいでなのでしょう。それはそれとして、どうしてもお助けいただきたいことが。これは近衛家の行く末にも関わる一大事なのでござります」

近衛家の行く末に関わる一大事と聞けば、志乃も放ってはおけまい。

「承知しました。おはなしだけは伺いましょう」

「されば、志乃さま」

伽耶は襟を正し、志乃や蔵人介の想像もおよばぬような願い事を口にした。

「能をひとさし、舞っていただけませぬか」

「なに、能を」

「はい。京の父より文が届きました。かつて、志乃さまは近衛公の御前にて『善知鳥』を舞われたと」

「『善知鳥』か」

「はい」

室町の御代、世阿弥によってつくられた演目である。

善知鳥は親鳥が「うとう」と鳴けば、子鳥はかならず「やすかた」と応じる。親子の情が厚いところを利用し、猟師は親鳥の鳴き声をまねて子鳥を誘いだす。鳥殺しの罪業に懊悩する猟師があの世から亡霊となってあらわれ、立山を遊行する旅の僧に回向を頼むという筋書きだ。

「本来なれば、おなごが能を舞うことは許されませぬ。されど、志乃さまは近衛公の御心を慰めるべく、敢えて痩男の面をつけ、『善知鳥』を舞ってみせられた。しかも、ただの舞いではござりませぬ。池泉に架かる朱の太鼓橋を橋懸かりにみたて、水面にしつらえた浮き床のうえで舞っておしまいになられた。足許もおぼつかぬ浮き床で能を舞うなどと、かような神業をやってのけられる御仁は、あとにもさきにも志乃さまをおいてほかにはおらぬ。それゆえ、お願いしているのでござります」

頭を深々と下げられても、志乃は戸惑いの色を隠せない。

「なるほど、そのような余興を演じたことがあったやもしれぬ。されど、遥かむかしのはなしじゃ。日々の鍛錬なくして、能を舞うことなどできようはずもない。ましてや、浮き床で舞えなどと、能を愚弄するにもほどがある」

「能を愚弄しておられるのは、津軽公にござります」

「なに、津軽公ですと」

伽耶が言うには、周囲から「夜鷹殿」と揶揄されるほど暗愚な津軽出羽守信順が起死回生の趣向と称し、今月二十九日の三ノ酉に合わせて厄除けの能を催すことを公方家慶に進言した。

しかも、ただの能ではおもしろさに欠けるため、千代田城内の白鳥濠に浮き床をしつらえて演じたい旨を伝えたところ、家慶から「家名に懸けて演じよ」とのお達しが内々にあったという。

「うつけの殿様が大法螺を吹いたせいで、津軽十万石の行く末は危ういものとなりました。もともと危ういところへきて、幕閣のお歴々に引導を渡す口実を与えたようなものだと申す重臣もおります。されど、何があろうと、津軽家を潰すことはできませぬ。かの藩がお取りつぶしとあいなれば、近衛家にも災禍がおよぶのは必定にございます」

三十年近く前、津軽家先代の寧親は莫大な賄賂を使い、嗣子信順と近衛家先代の娘を婚約させた。娘は二年後に夭折し、そののち、信順は御三卿田安家の姫を正室に迎えるのだが、このとき、徳川宗家の決定に影響をおよぼしたのは近衛家であった。

すなわち、近衛家と津軽家は浅からぬ因縁で結ばれており、津軽家の盛衰は近衛家の浮沈にも関わる一大事なのだという。

「『善知鳥』は、藤原定家(ふじわらのていか)の詠んだ『みちのくの卒都(そと)の浜(はま)なる呼子鳥鳴くなる声はうとふやすかた』という歌をもとにつくられたとも聞きました。『卒都の浜』とは津軽領内にある最果ての外ヶ浜のこと、それゆえ、津軽公は演目としてお選びになったのでございましょう。されど、浮き床で舞ってもよいなどというシテは、どの流派を捜してもみあたらず、いまだ舞い手の選定すらできておらぬ始末。御前能ができぬとあれば、公方さまとの橋懸かりを失うことになりましょう」

「だからというて、わたくしに白羽の矢を立てるのはあまりに短慮。十万石の行く末を一介の老婆に託すのは無謀と言わざるを得ませぬぞ」

伽耶は両手を畳につき、くいっと顔を持ちあげる。

「過日、津軽家のご家老さまが秘かに京へおもむき、近衛公とご対面になりました。この苦境を何とかしのぐ手だてはないものかと、涙を流しながら縋りつかれたそうにございます」

近衛公は困りはて、側近ともいうべき水口鉄斎に相談した。

鉄斎の脳裏に浮かんだのが、若き日の志乃の舞いすがたであったという。

「じつを申せば、父鉄斎は病床に臥してございます」

「まことですか、それは」

「はい。ひどく胸を患っておりますゆえ、おそらく、長くは保ちますまい。志乃さま、これは父の遺言とおぼしめしください。このとおりにございます。何卒ひとさし、『善知鳥』を舞ってくださりませ」

——できぬ。

と、きっぱり断るしかなかろうに、志乃はじっと黙りこんだ。

いったい、何を悩んでおられるかと、叱責してやりたくなる。

蔵人介は能面を打つのを唯一の嗜(たしな)みにしており、みずからも面をつけて舞うことはあった。

能は剣術と通じるところがあるので、修行の一環として舞うのである。

世阿弥の手になる「善知鳥」も、一度ならず舞ったことはあった。

罪業の重荷に耐えかねて苦しむ瘦男の面は、亡霊面のなかでも好んで打つもののひとつだ。ひとたび面をつければ、地獄で鳥に目玉を突(つつ)かれる修羅の惨劇を舞ってみせることもできる。

それを知ってか知らずか、志乃はじっとこちらを見据えている。

おもわず、蔵人介は目を逸らした。

まさか、下駄を預ける気ではあるまいな。

とんでもない。いかに蔵人介とて、白鳥濠の浮き床で舞ってみせるなどと、そのような離れ技をやってのけられるはずはなかった。

六

孫兵衛から連絡(つなぎ)があり、大間小五郎の仕官が決まったというので、役目を終えたその足で『まんさく』に向かった。

今日は従者の串部もいっしょだ。

柳剛流（りゅうごう）を修めた串部は、いざとなれば、悪党どもの臑（すね）を刈る。

頼り甲斐のある従者だが、近頃は鍛え方が足りぬようで、脇腹にぎっしり脂（あぶら）がついていた。坂道を少し上っただけでも息を切らし、回り道になっても平坦な道を行きたがる。

「殿、お待ちくだされ。もそっと、のんびりまいりましょう」

「牛め、もうもう鳴きながら従（つ）いてくるがよい」

蔵人介は串部を置きざりにして坂道を上りきり、甃（いしだたみ）の小径をたどって仕舞屋までやってきた。

敷居をまたいで内を覗くと、孫兵衛が困った様子で佇（たたず）んでいる。

「おう、来おったか。大間さまはどうやら、宍戸藩に声を掛けられたらしい。ほれ、奥村某とか申す猪侍がおったであろう」

「羽織に永楽銭の家紋をつけた馬廻役ですな」

「さよう。その馬廻役に請われたのさ」

「おもったとおりだ。宍戸藩ではないかと予想しておりました」

「ところがな、肝心のご本尊がすがたをみせぬのよ」

みなで祝ってやろうと暖簾(のれん)まで仕舞ったものの、待てど暮らせど大間があらわれる気配はない。

「おぬしといっしょに薬店を訪ねようかとおもうてな、およう にこれを用意させた」

床几の端には角樽(つのだる)が置かれている。

「されば、まいりましょう」

角樽を持ちあげたところへ、串部が遅れてあらわれた。

「ふう、あいかわらず、殿は足がお速い。おっ、これはお父上、お元気そうで何よりにござる」

「串部どのか。しばらくみぬうちに、ずいぶん肥えたな。海馬(とど)かとおもうたぞ」

「海馬をみたことがおありなのですか」

「ものの喩(たと)えじゃ。その腹で鬼役の従者はつとまるまい」

「おっと、これは手厳しい」

串部は鬢(びん)を掻き、蔵人介から角樽をひったくる。

「これは拙者が持ちましょう」

「おいおい、涎を垂らしてどうする」

「喉が渇きましてな、駆けつけ一杯だけ、ご所望できませぬか」

おようがみかねて、柄杓で冷や酒を汲んでくる。

「いやあ、さすが元柳橋芸者のおようどの、気の配り方がちがう」

などと持ちあげつつ、ごくごく喉を鳴らして柄杓の酒を干す。

蔵人介と孫兵衛は相手をせず、すでに見世から外に出ていた。

微笑むおように送りだされ、串部はふたりを必死に追いかける。

藁店は近い。

小径を戻って神楽坂を横切り、横道を進めばすぐに着く。

木戸番所からは焼き芋の煙が立ちのぼり、洟垂れどもが走りまわっている。

どこにでもあるような、九尺二間の貧乏長屋だ。

番所の親爺に大間の部屋を尋ねると、稲荷明神の幟がはためく奥まった一角らしかった。

朽ちた門を抜け、どぶ板を踏みしめながら進む。

すると、一目で借銭乞とわかる男が、閉められた腰高障子のまえに立っていた。

串部が先頭に立ち、大股で近づいていく。

「何じゃ、おぬしは」

上から覗いて威嚇すると、男は首をすくめた。

「みりゃ、おわかりでやしょう。金貸しの使いでやんすよ」

「大間どのに借財があるのか」

「利子込みで五両と少し、半年経つんでそろりと返えしてもらいてえので」

仕官の口が決まったことを聞きつけ、さっそく足を運んだにちがいない。

「ところが、わざわざ来てみたら、ご本尊はおられねえときた。大家はすぐに帰えってくるとほざきやしたがね、半刻過ぎても影すらみえねえ。ま、こちとら待つのが商売なんで、なんぼでも待ちやすがね」

「弱ったな、角樽だけ置いて退散するか」

後ろで孫兵衛がつぶやくと、部屋の内から女の咳が聞こえてきた。

「ん、おなごがおるのか」

串部に睨みつけられ、借銭乞は首をかしげる。

「障子の穴から覗いてみたら、武家のおなごが臥せっておりやしたよ。何でも、ご子息の嫁さまだとか」

「それも大家に聞いたな」

「ええ、さいでやすよ。名は琴さまとおっしゃり、三月ほどめえにふらっとあらわれて住みついたんだとか」

仕立て物の繕いが得意らしく、内職で義理の父を養っているという。

「ぬへへ、なかなかの別嬪でござんすよ」

串部は太い腕を伸ばし、借銭乞の襟首を摑んで捻りあげた。

「借金のカタに取る腹ではあるまいな」

「……と、とんでもねえ……は、放してくれ」

手を放した途端、借銭乞は地べたに転がり、尻尾をまるめて逃げだす。

孫兵衛が言った。

「蔵人介よ、大間さまは養子に出したご子息を捜しておいでじゃったな」

「ええ、津軽から江戸へまいられた目途のようでござりました」

「ひょっとして、嫁御も同じ目途でまいったのではあるまいか。恥も外聞も捨て、夫の父親と同じひとつ屋根のしたで暮らす覚悟を決めたとなれば、夫への恋慕は並々ならぬものとおもってよかろう」

孫兵衛のことばにうなずくや、腰高障子の向こうに人の気配が立った。

すっと、戸が開く。

蒼白い顔の痩せたおなごが、幽霊のように立っていた。

琴という嫁にちがいない。

「何か、ご用でございましょうか」

問われて、蔵人介が一歩踏みだす。

「拙者ども、大間小五郎どのに恩がございます。仕官が決まったとお聞きしたもので、ささやかな祝いの品をお持ちしました」

おなごは苦しげな顔でうつむいた。

「かたじけのうございます。もしや、孫兵衛さまのご親族であられましょうか」

「孫兵衛なら、後ろにおりますが」

蔵人介が振りむいて孫兵衛を差しまねくと、琴は顔をぱっと明るくさせた。

「これはこれは、いつも義父（ちち）がお世話になっております。義父は孫兵衛さまのことを、いつも楽しそうにはなします。お見世は『まんさく』と仰いましたね。義父は昆布（こんぶ）の佃煮（つくだに）がことのほか気に入り、あれさえあれば何杯でもいけると自慢いたしました」

たしかに、大間は昆布の佃煮を白いご飯に載せ、涙まで流しながら食べていた。

「義父上は蜆（しじみ）の味噌汁も好物じゃぞ」

と、孫兵衛が胸を反らす。

「伺っております。江戸にまいってからこの方、あのように楽しげな義父をみたことがなかったもので、とても嬉しく、ありがたく感じておりました。こほっ、こほこほっ」

喋りすぎたのか、琴は咳きこんだ。

孫兵衛が身を寄せ、背中をさすってやる。

「ご無理なさるな。ご病気のところ、申し訳ござらぬ」

「生まれつき病弱なものですから、方々にご迷惑をお掛けしております。ご覧のとおりに狭い部屋ではござりますが、よろしければおはいりください」

「されば、少しだけ」

孫兵衛に顎をしゃくられ、蔵人介も敷居をまたいだ。

串部は角樽だけ運びこむと、狭苦しくなるので外へ出てしまう。

すでに布団はたたまれ、琴は板の間にふたりをあげようとしたが、蔵人介と孫兵衛は頑なに遠慮して上がり端に腰掛けた。

図々しくはいりこんだのは、どうしても聞いておきたいことがあったからだ。

「あなたは、琴さまで」

と、孫兵衛がさりげなく問うた。

「はい、さようにござります」

琴はうなずき、茶の仕度をしはじめる。

「どうか、おかまいなく。じつはさきほど、借銭乞に聞きましてな。ご子息の嫁御であられると」

「申し遅れました。わたくしは高倉琴と申します」

琴は急須に茶葉を入れ、暖めた湯を注ぐ。

舞いあがる湯気とともに、茶の香りが広がった。

孫兵衛は出された茶を美味そうに啜(すす)り、さらに問いをかさねる。

「たしか、大間どののご子息も高倉姓であられたな」

「婿養子なのでござります」

「ああ、なるほど」

琴は蔵人介と串部のぶんも茶を用意し、居住まいを正す。

「わたくしの祖父は、高倉盛隆と申します。以前は、津軽家の家老をつとめておりました」

「げっ、それはまことか」

「はい。されど、今から十三年前の卯月十八日、祖父は伊達さまご領内の桑折宿にて切腹いたしました」

孫兵衛は、はなしの接ぎ穂を失う。

すかさず、蔵人介がことばを挟んだ。

「もしや、それは津軽公に参勤交代の遅れを諫めたうえでのことでは」

「いかにも」

「噂には聞いておったが、まさか、まことのはなしであったとはな」

しかも、面前に座っているのは、反骨心を剝きだしにして亡くなった忠臣の孫娘なのだ。

孫兵衛は驚きすぎて、入れ歯をかたかた鳴らしている。

蔵人介がさきを促すと、琴は物静かに喋りはじめた。

「そのとき以来、高倉家は家老職を解かれました」

それどころか、諫死によって当主信順の勘気を買い、琴の父は減封のうえで閑職へ追いこまれたという。琴にも長らく縁談話はなく、あきらめていたところへ、助け船を出してくれた人物があった。

「大間小五郎さまにございます。大間は下士ながら、小太刀の名人として知られ、藩の奥向きに剣術を指南していました。子息の平内も剣術に秀で、信順公のおそばに仕える馬廻役の小頭をつとめていたのでござります」

琴の父は大間小五郎と肝胆相照らす仲だった。そこで、琴の父のほうから縁談を持ちかけた。当初は身分のちがいを理由に断られたが、粘り腰で説得したすえに折れ、めでたく平内と夫婦の契りを結ぶことになったという。

「三年前のことにござります。わたくしにとっては、夢のような祝言にござりました」

ところが、めでたく夫婦となってほどなく、平内に厳しい沙汰が下された。

三十俵二人扶持の中小姓に身分を落とされたあげく、別段締役を申しつけられたのである。

「別段締役とは」

耳慣れない役目だが、琴によれば、藩米が湊から隠密裡に津出されるのを阻む役人のことらしい。

三方を海に囲まれた津軽領内には、青森、蟹田、今別、十三、鯵ケ沢、深浦といった湊がある。関所の野内、大間越、碇ヶ関を入れて、これらは「九浦」と称され、城下町の弘前に準じて町奉行と諸役人が配されていた。

湊を守る諸役人のなかに、弘前の勘定奉行に統括された別段締役もある。中堅の馬廻役や手廻役などに課される加役で、たいていは二名一組で各湊へ配され、一年で交代する。役目の過酷さゆえか、藩内では加役を喜ぶ者はいない。

平内の配されたさきは、皮肉にも実父の生まれ故郷でもある蟹田だった。外ヶ浜と呼ばれる陸奥湾西岸に位置する良港で、大商人の出店も多い。藩はすぐそばにある青森湊を繁栄させるべく、他港からの廻米津出を禁じていた。隠津出をおこなった者は厳しく罰せられる決まりになってはいるものの、利益が大きいために今でも不正は後を絶たない。そのため、別段締役が必要とされるのだ。

平内の蟹田行きはあきらかに、誰もがはっきりとわかる左遷であった。

理由は当主の勘気を買った高倉家と姻戚になったからだ。それでも、平内は文句ひとつ言うでもなく、琴に一年後の再会を約し、喜んで蟹田へ向かったという。

「ところが一年経って、いよいよ戻ってくる段になり、のっぴきならないことが起こりました」

同じ別段締役として蟹田へおもむいていた同役の佐川三郎が、別段所内で腹を切ったのである。勘定奉行宛てに遺された文には、美濃屋なる廻船問屋の隠津出を見逃す見返りに三両貰ったとの記述があった。

さっそく美濃屋は捕らえられ、厳しい処罰を受けたが、佐川三郎が腹を切ったのと同じ日、平内は行方知れずとなった。家人に文も残さず、忽然と消えたのである。

「義父は八方手を尽くし、平内の行方を捜しました。されど、一年のあいだは手がかりすらみつけられず、死んだものとあきらめかけていたのです」

今から一年前、琴の父と大間小五郎のもとへ、平内から密書が一通ずつ届いた。つきあわせてみると内容は同じで、今は江戸にいて蟹田で隠津出をおこなったまことの悪党たちの不正をあばくため、証拠を集めているというものだった。

大間は矢も盾もたまらず、藩籍を捨てて江戸へ向かった。一方、琴の父は急の病に倒れ、生死の狭間をさまようことになった。琴はすぐにでも大間のあとを追いかけたかったが、父の看病に日を費やさねばならなかった。やがて、看病の甲斐もなく父は逝き、四十九日の喪が明けたのを機に、ひとりで江戸へ上ってきたのだという。

「三月前に江戸へたどりつき、薬店で暮らす義父を頼りました。されど、夫平内からの連絡は途絶えたままで、いまだ行方は杳として知れませぬ」

蔵人介は、ほっと溜息を吐いた。

「よくぞ、おはなしくだされたな」

「どなたかに、おはなしを聞いていただきたかったのでござります。義父は毎晩のように、孫兵衛さまのことをはなしてくれました。江戸に来て、これほど親切にしてもらったことはないと。それゆえ、詮無いこととは申せ、お聞きいただいたのでござります。おつきあいいただき、まことに何と申しあげたらよいものか、御礼のしようもござりませぬ」

涙ぐむ琴の肩を抱いてやりたい衝動に駆られた。

蔵人介は、できるだけ優しく問いかける。

「大間どのの行く先にお心当たりはござらぬか」

「今朝ほど宍戸藩の御使者がみえたので、そちらに伺っているのではないかと。さもなければ」

「さもなければ」

「義父は、津軽家のとある御用達(ごようたし)を調べておりました」

鯨(くじら)屋庄(しょう)兵衛(べえ)という本所一(ひと)つ目橋(めのはし)の油問屋だという。

ただの油問屋ではなく、北前船(きたまえぶね)を所有しており、廻船問屋も営んでいた。

当主の信順が見初めて側室にしたのは鯨屋の娘にほかならないと聞き、蔵人介たちはまたもや驚かされる。一介の油問屋は娘のおかげで十万石の御用達となり、手広く商売をおこなうまでに成りあがったのだ。

ひょっとすると、大間は鯨屋への調べを通して、息子の平内を捜しだす端緒をみつけたのかもしれない。

蔵人介たちは琴に礼を言い、後ろ髪を引かれるおもいで裏長屋をあとにした。

七

孫兵衛と別れたのち、蔵人介と串部は大間の行方を捜すべく、本所の油問屋を訪ねてみることにした。

あわよくば主人の庄兵衛に会い、どのような人物かみておきたい気持ちもある。

神楽坂を下った牛込御門下の桟橋で小舟を仕立て、神田川をゆったり漕ぎすすむ。

川面は鮮やかな朱に染まり、土手の柳は冷たい川風に揺れていた。

「へっくしょい」

串部は鼻水を啜り、物欲しそうな顔をする。

「夕暮れになると、やけに冷えますする。お父上から般若湯でも頂戴してくればよかったですな」

「贅沢を抜かすな」

「はあ。それにしても、こたびの一件、拙者には何が何やらさっぱりわかりませぬ。足を挫いたおようどのを負ぶってくれた浪人が、じつは津軽家の下士で奥向きに小太刀を指南していた。その実子は腹を切った元家老の孫娘の婿になった途端、辺鄙(へんぴ)な湊町へ飛ばされ、一年後に役を解かれて戻ってくるはずが、同役の切腹と同時に雲隠れしてしまった。行方知れずとなって一年ののち、隠津出に関わった真の悪党どもの証拠を摑むため、江戸にいるとの文が届き、実父と妻女があいついで江戸へやってきた。されど、いまだ実子はみつかっていない」

「そういうことだ。わかっておるではないか」

「いいえ、わかりませぬぞ。大間小五郎は筑土八幡で田安家の姫を救った縁から、どうやら、宍戸藩に仕官することになった。宍戸藩の殿様は先日、千代田城内の御膳所そばで新番士の荒巻右京から小莫迦(こばか)にされたが、荒巻の家は津軽家の出入旗本にほかならぬ。一方、田安家の奥向きに仕える女官が唐突に当家を訪れ、津軽十万石を守るためと称し、大奥さまに無理難題を申しつけた。何と、白鳥濠に浮かべた浮き床で能をひとさし舞えという。奇抜と申せばあまりに奇抜、それもこれもすべては津軽家に通じるはなしにござる」

「すべて因縁よ。たまさか、三つのはなしが重なっただけのこと」

「たまさかでござりますか。拙者の頭のなかでは、三本の糸がこんぐらがっておりまする」

串部の言うとおり、絡みあった糸をほぐさねばなるまい。

そのためにも大間に会い、こちらの知らぬ事情を聞きだしたいとおもった。

気づいてみれば、小舟は柳橋のさきから大川へ躍りだし、両国大橋のしたを潜りぬけている。

あとは大川を斜めに突っきり、竪川の注ぎ口をめざせばよい。

夕陽は疾うに沈み、波立つ川面は深い群青色に変わっていた。

「殿、隠津出をやっておった真の悪党とは、これから向かう油問屋なのではござりませぬか。そのことを、行方知れずとなった大間どのの実子が探りあてた」

やはり、油問屋を探れば、実子の行方がわかるかもしれない。

串部の指摘するとおり、大間は息子に再会したい一念から、外ヶ浜の蟹田であった不穏な出来事の裏を探っているものと察せられた。

ただし、いまや、鯨屋はただの御用達ではない。娘は藩主の溺愛する側室なのだ。

「拙者も噂には聞いております。側室を迎えた翌日、津軽屋敷の海鼠塀に大きな摩羅が悪戯書きされておったとか。藩士たちは屈辱の涙を流し、雑巾で摩羅を拭きとったそうでござります」

夜鷹殿が油まみれの摩羅を振りまわし、十万石をふいにしようとしている。

そうした不謹慎な噂を広める江戸雀もいるらしい。

一国を統べる藩主が不正をおこなった悪徳商人と縁続きであることが発覚すれば、それこそ幕閣に取り潰しの口実を与えることになる。

「つまり、下手に首を突っこめば、津軽十万石の浮沈にも関わってくるのでござりますな」

「それゆえ、調べるほうも慎重にならねばならぬのだ」

小舟は一つ目橋の桟橋に着き、ふたりは陸へあがった。

めざす鯨屋は桟橋のすぐそばに建っており、探す必要もない。

真新しいうだつのそばに立つ屋根看板には、鯨が潮を吹く絵が描かれていた。

「訪ねるには、ちと遅すぎるかもな」

夕餉のはじまる頃合いでもある。

どうするか迷っていると、表口に一挺の法仙寺駕籠が音もなく滑りこんできた。

「殿、主人のお出ましにござりますぞ」

「ちょうどよい。尾けてやろう」

表口を見張っていると、光沢のある羅紗の着物を纏った人物があらわれた。

「よく肥えていやがる。からだつきは、まさに鯨ですな。ただし、ぎょろ目を剝いた顔は鱈にみえる。ひと月も天日干しにすれば、棒鱈になりましょう」

「おぬし、よう喋るな」

蔵人介は辟易しながらも、動きはじめた駕籠尻を追いかけた。

「あんほう、あんほう」

駕籠は手代の持つ提灯に導かれ、二つ目橋を通りすぎていく。

そして、三つ目橋のさきで駕籠は止まり、鯨屋は新辻橋手前の桟橋から小舟に乗りかえた。

「殿、横川を南へ向かう気ですぞ」

行きつくさきは深川洲崎の弁財天、境内には高価なことで知られる『二軒茶屋』がある。

「なるほど、二軒茶屋で宴席でござるか。さすれば、誘った客の素姓を知りたくなりますな」

「まあ、そう焦るな。まずは、小舟を追うことが先だ」

追走するための舟がみあたらないので、ふたりは土手道をたどることにした。

鯨屋を乗せた小舟は軽快に奔り、必死に追いかけてはみたものの、菊川橋を過ぎたあたりで見失ってしまう。それでも、行く先の見当はついていたので、見失ってからさきは暗い土手道を早足で進んでいった。

汗だくになって木場を通りすぎ、洲崎弁天の境内へ通じる永木の舟寄せまでたどりつく。

鯨屋を乗せた小舟の船頭が、桟橋で暢気に煙管を燻らしていた。

串部と顔を見合わせてうなずく。

おそらく、帰りも舟を使う気だろう。

ただし、招いた客が舟で帰るとはかぎらない。

ふたりは境内に二軒つづきで並ぶ茶屋へ近づいていった。

「さて、どちらでしょうな」

「待ってみるしかあるまい」

寒風をしのぐべく、松の木陰に身を隠す。

「からだを暖める薬が欲しゅうござる」

串部の愚痴を無視し、二刻（四時間）近くも待ちつづけた。

すでに、亥ノ四つ半は過ぎている。

月は頭上にあるものの、風は冷たい。

爪先まで凍えそうなほどで、串部は蠅のように手足を擦っている。

「ん、誰か出てきたぞ」

奥の茶屋から、鯨屋らしき人物があらわれた。

蔵人介と串部は暗闇に身を躍らせ、そばへ近づいていく。

鯨屋の後ろには、頭巾で顔を隠した偉そうな侍がつづいていた。

さらにもうひとり、三人目の相手を目にした瞬間、蔵人介は声をあげそうになった。

「あれは、新番士の荒巻右京だ」

「まことにござりますか」

混乱しかけた頭を整理する暇もなく、頭巾侍が用意された権門駕籠に乗りこむ。

気づいてみれば、従者らしき供人ふたりが駕籠の両脇に控えていた。

「串部、あとを追ってくれ」

「ほいきた」

権門駕籠の一行と串部がいなくなると、今度は二挺の法仙寺駕籠が滑りこんでくる。
鯨屋は舟ではなく、どうやら、駕籠で帰るつもりらしい。
ふたりを乗せた法仙寺駕籠が動きだすと、見送りの女将がようやく見世に消えた。
「あんほう、あんほう」
風音をついて、駕籠かきの鳴きが聞こえてくる。
二挺の駕籠は縦に繋がり、洲崎の土手道を西へ向かいはじめた。
前方の駕籠は荒巻で、後方は鯨屋だ。
道の左右には丈の高い枯れ葦が伸び、葦の左手向こうには暗い海が広がっている。
突如、鳴きが止んだ。
駕籠の行く手、狭い道の左右から人影が躍りだしてくる。
物盗りか。
いや、刺客にちがいない。
月明かりに照らされた人影は五人、いずれも黒い布で鼻と口を覆っている。
四人は月代頭で、後方のひとりだけは月代が伸びていた。
蔵人介が刺客と察したのは、月代侍たちの物腰から勤番侍と見破ったからだ。
命を狙われる理由があるのは、前方の駕籠に乗りこむ荒巻右京であった。

刺客どもの正体は、荒巻に恨みのある宍戸藩の連中である公算が大きい。

「ひぇええ」

駕籠かきどもは駕籠を落とすや、道の左右に逃げていった。

五人は慎重に近づいてくる。

蔵人介は後方の駕籠尻から少し離れて隠れ、様子を窺うことにした。

「新番士、荒巻右京どのとお見受けいたす」

月代侍のひとりが一歩踏みだし、大声を張りあげる。

垂れが捲りあがり、荒巻がのっそりあらわれた。

「誰か、わしの名を呼んだか」

余裕綽々で応じ、刺客どもを睨めつける。

そして、駕籠の棒脇に備えつけた槍を取るや、頭上でぶんと旋回させた。

「へやっ」

青眼に構えた槍の穂先は、十文字に交叉している。

自慢の十文字槍が、荒巻に過剰なほどの自信を与えているのだ。

「おぬしら、宍戸藩の雑魚どもであろうが。ほれ、懸かってこい。返り討ちにしてくれるわ」

おもったとおり、殿様の恨みを晴らそうとして先走った連中のようだ。
「腐れ旗本め、覚悟せい」
ひとり目が駆けより、抜刀するやいなや、上段から斬りつけてくる。
荒巻は槍先で軽くあしらい、副刃(そえば)で相手の喉を裂いた。
びゅっと鮮血がほとばしり、道に屍骸(むくろ)が転がる。
朋輩(ほうばい)の屍骸をまたぎごえ、ふたり目がこんどは突いてでた。
すかさず、上から白刃を叩きふせられ、穂先で胸(むね)を突かれる。
「うりゃ……っ」
荒巻は凄まじい気合いを発し、相手を串刺しにしたまま前進した。
そして、屍骸となった相手の腹を蹴り、ずぼっと槍を引きぬく。
宝蔵院流の免許皆伝と豪語するだけのことはあった。
刃長の差以上に、力量の差がありすぎる。
残った三人は慎重に構え、容易には斬りつけてこない。
後方に控えていた男がふたりを押しのけ、前面に踏みだしてきた。
ひとりだけ月代を伸ばした男だ。
「わしがやろう」

つぶやかれたその声には、聞きおぼえがある。

だが、はっきりとはおもいだせない。

月明かりはあるものの、闇が男の正体を隠している。

男は滑るように間合いを詰め、荒巻の槍先に対峙した。

よくみれば、腰に太刀を帯びていない。

抜いたのは、一尺五寸に満たない脇差だ。

「ほほう、小太刀でござりますか」

発したのは、後ろの駕籠に乗る鯨屋であった。

垂れを捲って駕籠から降り、荒巻の背後に身を寄せる。

「荒巻さま、警戒なされよ」

「ん、なぜじゃ」

「ふふ、小太刀と聞いて、誰かをおもいだしませぬか」

「はて、誰であったかな」

荒巻は血濡れた槍を旋回させ、右八相から薙ぎおとす。

——ぶん。

刃風が相手の鬢を震わせた。

それでも男は怯まず、つつっと迫ってくる。

「ぬおっ」

荒巻は突きに転じた。

が、男は小太刀の先端を小当たりに当てて躱(かわ)し、するっと懐中に飛びこんでくる。

「ぬわっ」

瞬時に振りぬかれた白刃が、荒巻の長い顎を浅く削った。

さらに、二ノ太刀が喉元を襲ったところで、荒巻はたまらず、大きく後ろへ飛び退(の)いた。

「おぬし、大間小五郎であろう」

名を呼ばれて、刺客は動きを止める。

蔵人介も息を止めた。

荒巻は顎に滴(したた)る血を拭い、肩を揺すって笑いだす。

「以前、弘前城下で一度だけ立ちあったことがある。御前試合じゃ。槍と小太刀で互角の勝負となり、わしは大いに恥を掻いた。あのときの屈辱は忘れておらぬ。いずれ、おぬしの素首を獲ろうと、機を窺っておったのだわ。それにしても、大間小五郎ともあろう者が小大名の刺客になりさがっておるとはな」

「くへへ、喋りおった。おぬし、行方知れずになった倅を捜しておるのであろう。江戸へ出てきたのは、そのためだな。何もかも、わかっておるのだぞ。のう、鯨屋」

「ほざけ」

「はい。高倉平内なる別段締役を手懐けるのには苦労いたしました。されど、人とは欲に目がくらむ生き物、欲に勝てる者などこの世におりませぬ。かの御仁も故郷を捨て、藩を捨て、肉親も妻をもお捨てになった。いまや、わがほうの用心棒になりさがっておりまする」

「嘘を申すな」

大間らしき男は、喉から絞りだすように発した。

小太刀を握る右手が、小刻みに震えている。

「何をしておる。早う、あやつを討て」

後ろのふたりにけしかけられても、動こうとしない。

槍を手にした荒巻が胸を反らし、呵々と嗤いあげた。

「わしを斬れば、倅に会えぬぞ。倅に会いたくば、あらためて頭を下げにくるがよい」

大間は小太刀を納め、じりっと後退る。

踵を返すや、まっしぐらに走りだした。

「待て、待たぬか」

ふたりの月代侍が、慌ててその背中を追った。

あたりが静まりかえると、逃げていた駕籠かきどもが戻ってくる。

荒巻と鯨屋が駕籠に乗りこむと、鳴きもせずにその場を離れていった。

道端には、無残な屍骸がふたつ転がっている。

蔵人介は短く経を唱え、惨劇の場を離れた。

八

その晩も翌日も大間小五郎は藁店に戻っていないと、孫兵衛が文使いを介して報せてきた。

夕刻、蔵人介は串部をともない、本所の鯨屋へもう一度足を運んだ。

——いまや、わがほうの用心棒になりさがっております る。

鯨屋は大間に向かって、平内のことを「用心棒」と言った。

それが真実か否かを確かめたいとおもったのだ。
一方、串部の調べで、宴席に招じられた頭巾侍の正体は判明していた。津軽家の江戸家老直属の用人、新郷次郎左衛門（しんごうじろうざえもん）という人物である。二年前までは弘前城におり、九浦を統括する勘定奉行に任じられていた。

かなりの大物だ。

「黒幕の貫目（かんめ）からすると、申し分のない人物でござる」

串部はおどけたように言い、油問屋の娘を津軽公に引きあわせたのも新郷なのではあるまいかと憶測を述べた。

「隠津出でぼろ儲けをもくろむ悪徳商人を引きたて、自分もたっぷり甘い汁を吸う。津軽公の傘の内に隠れておれば、何をやっても許される。まさしく、奸臣（かんしん）を絵に描いたような人物かもしれませぬぞ」

できれば、新郷のことも探りたいが、鯨屋をふらりと訪ねても門前払いにされるのはわかっている。

蔵人介は一計を案じた。

御膳所頭（ごぜんしょがしら）の名を借り、千代田城中奥の御膳所で使う油を調達したい旨を偽の文で鯨屋へ伝えたのだ。

するとさっそく「すぐにでもお目にかかりたい」との返答があった。

蔵人介は「山田太右衛門」と名を偽り、串部ともども敷居をまたいだのである。

「ようこそ、お越しくだされました」

鯨屋庄兵衛は満面の笑みで出迎え、下にも置かぬ態度で客間に招きいれた。

「本来ならば、こちらから出向かねばならぬところ、ご足労いただけるとはまことに光栄にございます。ささ、どうぞこちらへ」

十万石の御用達でも、葵の家紋の威光ならば喉から手が出るほど欲しいにきまっている。

蔵人介が上座に落ちつくと、酒肴の膳が串部のぶんまで運ばれてきた。

「おっ、棒鱈がございますな」

皿のひとつに目をつけ、串部が心から嬉しそうに漏らす。

「ほっ、さすがに目のつけどころがちがう。それは津軽領内の外ヶ浜に水揚げされた鱈にございます。ふた月掛けて天日で干し、よい塩梅に仕上げました」

「なるほど、美味い。肴にはぴったりだな」

串部は不躾にも棒鱈を手に取って齧り、手酌で酒を注いだ。

鯨屋は慌てて膝を寄せ、まずは蔵人介の盃に酌をする。

そして、串部の盃に二杯目を注いでやった。

酒は灘の生一本、新酒である。

「さっそくではございますが、お城のほうで油をご入り用とか。鯨油と菜種油、どちらをご用意すればよろしいのでございましょう」

「どちらもじゃ。灯りにも調理にも、大量に油を使うのでな。そのほうのあつかう油は質が良いと噂に聞いてな、ものはためしに仕入れてみようとおもい、こうして足を運んだわけさ」

「それはそれは、ありがたいことにございます。是非とも、おつきあいいただきたいもので」

「ところがな、それほど容易なはなしではないのだ。おぬしとてわかっておろう、幕府の御用達になる難しさを」

「それはもう、十二分に承知しております」

ちらりと、鯨屋は警戒の目を向ける。

蔵人介が賄賂を要求していると察したのだ。

もちろん、用意はしているにちがいない。賄賂を贈るべき相手かどうかを値踏みしているのであろう。

じつは、鯨屋に警戒を抱かせることこそが、蔵人介の狙いでもあった。

「おぬしは廻船問屋も営んでおるそうじゃな」

「はい。津軽さまからお許しいただき、北前船を奔らせております」

「単刀直入に言おう。おぬしに隠津出の疑いがある」

「げげっ、まことにござりますか」

鯨屋は驚きすぎて、ひっくり返りそうになった。

蔵人介は、片眉をくいっと吊りあげる。

「まことかどうかはわからぬ。噂の域を出ぬのでな。とある旗本が酔った勢いで喋りおったらしい。わしもよくは知らぬが、津軽領内の外ヶ浜に蟹田なる湊があると聞いた。その蟹田で二年前、別段締役なる役目に就いておった津軽藩士が腹を切った。上役に宛てた遺書には、その藩士が美濃屋なる廻船問屋の片棒を担いで不正をおこなったとあった。罪の重荷に耐えきれず、みずからの腹を切ったというのだが、じつはこの一件には裏がある」

鯨屋はごくっと生唾を呑み、掠(かす)れた声で問うてきた。

「裏と申しますと」

「ふむ、美濃屋は濡(ぬ)れ衣(ぎぬ)を着せられたにすぎず、まことに隠津出をやったのは鯨屋だと申すのよ」

「何と」

「これこれ、うろたえるでない。あくまでも、それは酔った旗本が漏らした戯言（ざれごと）にすぎぬと、拙者はおもうておるのだがな」

鯨屋は顔を強ばらせつつも、探るような眼差しを送ってくる。

おそらく、旗本の名を問いたいのだろう。

それこそ、こちらのおもうつぼだと、蔵人介はおもった。

「山田さま、もしご存じならば、噂を広めたお旗本のご姓名をお聞かせ願えませぬか」

ほらきたと、内心ではほくそ笑みながらも、蔵人介は惚（とぼ）けた顔を斜め横に座る串部のほうに向けた。

「おい、何であったかな、酔いどれ旗本の名は」

「お忘れでござるか。新番士の荒巻右京さまにござりますよ」

串部は棒鱈を齧りながら、こともなげに応じる。

鯨屋の反応を窺うと、息を詰めているようだ。

蔵人介は、ここぞとばかりにたたみかける。

「荒巻右京は癇の強い男でな、先日も御家門の御当主に面と向かって無礼なことばを浴びせたらしい。お、そう言えば、荒巻家は代々、津軽家出入りのご大身であったな。もしや、おぬしも旧知の間柄では」

「いいえ、いっこうに存じあげませぬ」

と、鯨屋はあっさり否定する。

あきらかに、さきほどまでの態度とはちがう。

妙に落ちつきはらっているのをみて、餌に食いついたと、蔵人介は確信した。

「ともあれ、隠津出と関わりがないと申すなら、油の仕入れを考えてやってもよい。ただし、わかっておるとはおもうが、先立つものが要るぞ」

「それはもう」

鯨屋はすっと立ちあがり、礼をして部屋を出ていった。

そして、すぐに舞いもどり、手にした三方(さんぽう)を畳に滑らせる。

紫の布を捲ると、山吹色の小判が十枚ほど無造作に置かれていた。

「たった十両か」

不満げな蔵人介の台詞を聞き、鯨屋は鋭い眸子で睨みつけてくる。

「ほんのご挨拶代わりにござります。仕入れをお決めいただいたあかつきには、また」

「またお化けには会ったことがないとも言うがな、ふふ」

蔵人介は十両を鷲摑みにし、さっと袖口に入れてしまう。

「されば、本日はこれにて」

お帰りはあちらとでも言いたげに、鯨屋は畳に両手をついた。

種を明かせば、荒巻は酒が一滴も呑めない下戸なので、嘘はばれている。

鯨屋はこちらの素姓を小金狙いの騙りであろうと見破りつつも、一方では隠津出や荒巻のことをどうして知っているのかと、疑念を抱いたであろう。

疑念を解決する手っとりばやい方法は、刺客を差しむけることだ。

差しむけられる刺客が、鯨屋が「用心棒」と呼ぶ平内であることを、蔵人介は期待していた。

九

蔵人介と串部は見世から出ると、わざと人目につかぬ道を選んで進んだ。

薄暗がりのなか、夜鷹の出没する回向院の裏手を歩いていると、期待どおり、刺客らしき人影が正面に立ちふさがった。
月を背に負っているので、面相は判然としない。
ずらりと刀を抜きはなつや、瞬時に間合いを詰めてくる。
待てという暇もなく、上段から斬りつけてきた。
身を逸らして躱す。
「殿、お任せを」
串部が抜刀し、あいだに割りこんできた。
――きいん。
火花が散る。
串部の握る両刃の鋼が、刺客の刃を弾いたのだ。
「刈るでないぞ」
蔵人介は後方に退き、念のために声を掛ける。
串部がうなずいたところへ、鋭い突きが襲ってきた。
金属音とともに、ふたたび、火花が散る。
刺客は怯まず、袈裟懸けに斬りつけた。
「うぬっ」

ばっと、串部の袂が裂ける。

なかなかの手練であった。

斬ろうとせずに躱すのは、さすがの串部でも難しかろう。

刺客はさらに間合いを詰め、青眼から小手打ち狙いに出ようとする。

危ういと察し、蔵人介は声を張った。

「待て。そこまでだ」

串部は横っ跳びに跳び、地べたを転がった。

刺客は刀を上段に持ちあげたまま、じっと動かずにいる。

「おぬしら、何者だ」

と、誰何してみせた。

痩せて丈が高く、月代も髭も伸ばしている。

わずかに掠れた声質も、鼻梁の高い顔の特徴も、あきらかに、父親から受けついだものだ。

「言わずともよいわ。騙りであろう。口からでまかせを並べたて、鯨屋から小金を奪う腹であろうが」

「そういうおぬしは、大間小五郎どののお子ではないのか」

「……な、何だと」

「面立ちも声も、よう似ておるわ。大間どのは藩を捨て、一年前から江戸におられる。大間どのだけではない。琴どのもごいっしょだ。ふたりは必死に、おぬしを捜しておられる」

平内の狼狽ぶりは尋常でなく、持ちあげた両腕をぶるぶる震わせた。

「知らなんだとみえる。父や妻の気持ちもわからず、鯨屋なんぞのもとで何をしておるのだ」

蔵人介に諫められ、平内は刀をおろす。

「あなたはいったい、どういうお方なのですか」

「わしは矢背蔵人介、公方さまの毒味役だ。縁あって、おぬしの父御と知りあいになった。拠所ない事情を聞き、おぬしの行方を捜しておったのよ」

「まことに」

「ああ、まことだ。鯨屋に餌を撒けば、おぬしが釣れるかもしれぬと踏んだ。賭けであったがな、鯨屋はおぬし以上の用心棒を飼っておらぬとみえる。刺客を命じられ、誰かを斬ったことはあるのか」

「ありませぬ。何度か命じられましたが、斬ったことにして逃がしてやりました」

「いつまでも通じる手ではあるまい。もし、おぬしが何らかの目途のために敵の目を欺いているとするならな」

平内らしき若侍は、一言もなくうなだれた。

蔵人介は、ゆっくり歩みよる。

「事情があるなら、はなしてみぬか。わしにはなしたくなければ、大間どのと琴どのにはなすがいい。おふたりは神楽坂上の藁店で暮らしておられる」

平内はうなだれたまま、大きく首を振った。

「ふたりには会えませぬ」

「ん、何故だ」

「詳しいことは申せませぬ。お察しのとおり、敵の懐中へ飛びこみ、ようやく信用されつつあるところなのでござります」

「隠津出の証拠を摑む。それが真の目途か」

「仰せのとおりにござる」

「して、証拠は摑めたのか」

平内は首を横に振った。

「今少しにござります。隠津出の動かぬ証拠さえ摑むことができれば、佐川の死もけっして無駄ではなかったことを証明せるのです」

「佐川とは腹を切った別段締役のことだな」

「はい。同役であったというだけでなく、何でもはなしあえる友でした。生真面目な佐川は不正に加担した疑いを掛けられ、腹を切って潔白を証明しようとしたのです」

「されば、勘定奉行にあてたという告白状は偽物であったと」

「いかにも。細工をしたのは、当時国許で勘定奉行をつとめていた新郷次郎左衛門にござります」

「やはり、黒幕は新郷なる元勘定奉行なのか」

「まちがいござらぬ。されど、やり口が狡猾ゆえ、容易に尻尾を出しませぬ」

不正の確乎とした証拠を摑むまでは、おのれの生き方をまげてでも敵の言いなりになると、平内は固く誓ったらしい。

蔵人介は溜息を吐き、駄目元で問うた。

「お父上に会ってみぬか」

「できませぬ」

「ならば、今宵のことを告げてもよいか」

「どうか、ご容赦ください。すべてが解決したところで、父にはみずから報告申したいのです。心配を掛けて申し訳ありませんでしたと、謝りたいのでございます。矢背さま、もう少しなのでござる。もう少しで、きゃつらの悪行をあばくことができるのでござります」

「あいわかった。これ以上は言うまい。されど、急がねばならぬぞ。もしかすると、大間どのも敵の尻尾を摑んでおるやもしれぬ。単身でも飛びこむ気概を持つ御仁ゆえ、正直、何をしでかすかわからぬ」

「父の性分は、わかっておるつもりです。されば」

平内はお辞儀をし、踵を返そうとする。

「待て。これを」

蔵人介は身を寄せ、鯨屋から奪った十両を平内に手渡した。

「騙りの主従を成敗した証拠だ。それをみせれば、鯨屋もひとまずは安堵いたそう」

「ありがとう存じます」

平内は背中をみせ、闇の狭間に消えてしまう。

「このまま、逃がしてよいのですか」

串部に問われても、応じることばは持っていない。

無理にでも大間と再会させるべきであったのか。

一抹の悔恨は、夜露の雫と流されていった。

十

同じころ、大間小五郎のすがたは深川の門前仲町にあった。

一の鳥居を潜ると、大路に沿ってみたこともない楼閣風の茶屋が軒を並べ、煌々と明かりの灯った二階からは、賑やかなお囃子とともに、客の笑い声や芸者たちの嬌声が聞こえてくる。

冷たい雨が降りはじめたのは、本所二つ目橋のさきにある津軽家の上屋敷へ向かったときだ。

辻陰に隠れ、ある人物を待ちつづけた。

津軽家の重臣、新郷次郎左衛門である。

昨夜、洲崎の『二軒茶屋』を張りこんでいたときにみつけた。

鯨屋の仕切る宴席が催されることを、宍戸藩馬廻役の奥村軍兵衛に告げられた。

奥村は「旗本の荒巻右京を斬れば、藩の剣術指南役に推挙する」と約束した。貧乏暮らしをつづけ、琴にこれ以上迷惑をかけたくなかったので、ひとまずは仕官してもよいとおもった。それに、荒巻は知らぬ相手ではない。鯨屋に寄生する悪党だとわかっていたし、隠津出への関与も疑っていた。斬ることにためらいはない。それゆえ、条件を吞んだ。

夜陰に紛れて『二軒茶屋』へ向かい、奥村の配下四名とともに見張っていると、鯨屋に招かれたもうひとりの客が権門駕籠であらわれた。頭巾で顔を隠していたが、からだつきは隠せない。即座に、新郷次郎左衛門と見破った。国許で毎日のように挨拶を交わしていたので、まちがえるはずはなかった。

大間も実子平内の足跡をたどり、しばらくは国許で隠津出の一件を調べていたのである。確乎とした証拠はないものの、不正をおこなっていたのが鯨屋であろうことは見当をつけていた。疑いを持たれるのを回避すべく、おのれの娘を津軽公に差しだし、ちゃっかり姻戚になったのだとおもった。

地元の蟹田では船人足たちにも聞いてみた。藩の許可なく領外へ持ちだされた米は、一度の船積みで二千俵余りにおよんでいた。千石船一隻分だ。しかも、船積みは一度のみならず、その年にかぎっただけでも三度はあった。

それだけ大掛かりな隠津出を、鯨屋の一存でおこなえるはずはない。かならずや、重臣の誰かが後ろ盾になっているものと睨み、注意深く調べつづけた。国許では調べられなかった黒幕の正体が、昨夜、ようやくにしてわかったのである。

幕臣の荒巻右京が不正に関わっていることも、容易に推察できた。津軽公が暗愚なだけに、鯨屋としては幕閣の動きを把握しておきたい。内情を知るにあたって、千代田城の中奥に居座る荒巻は役に立つ。小金をばらまき、御城坊主を手懐けさせればよいからだ。

「悪党どもめ」

心情からすれば、三人とも斬りすてたかった。

が、それでは不正の中身をあきらかにできない。

何よりも、不正を調べているであろう平内の行方を知りたかった。

焦っていたのかもしれない。

昨夜は、荒巻を斬ることに集中すべきだった。

鯨屋の発したことばで、四肢が硬直してしまったのだ。

――いまや、わがほうの用心棒になりさがっておりまする。

まさか、平内が敵の手先になるはずはない。

胸の裡につぶやきつつも、わが子を信じきれないところもあった。

文を一通だけ寄こしておいて、丸一年も音沙汰がない。のっぴきならない事態に巻きこまれたとおもわぬほうがおかしい。

激しく動揺し、荒巻を逃してしまった。

こうなれば賭けに出るしかないと、大間は考えた。

新郷次郎左衛門を拐かし、責め苦を与えて告白状を書かせ、平内の身柄と交換しようとおもったのだ。

国許で勘定奉行に任じられていた新郷は、今や津軽公の側人に昇進し、いずれは家老になるべき人物と目されている。そのはなしが真実ならば、津軽十万石の危機ではないか。

いやが上にも、焦りが募った。

藩籍こそ捨てたものの、藩への愛着まで捨てたわけではない。

津軽一国の舵取りを奸臣に委ねるくらいなら、刺しちがえねばなるまいと覚悟を決めた。だが、いくら待っても新郷はあらわれず、奥村と交わした約束の刻限を過ぎてしまった。

ひとまずは、あきらめるしかない。

大間は津軽屋敷に背を向けた。そして、今は髪と着物を濡らし、門前横丁の大路に重い足を引きずっている。

命じられた茶屋のそばまで来ると、暗がりから月代侍が近づいてきた。

奥村軍兵衛だ。

ただでさえ強面の顔が、いっそう恐ろしくみえる。

「遅いぞ、何をしておる」

「申し訳ござらぬ。どうしても、訪ねておきたいさきがあったもので」

「まあよい。三度目はないぞ。貴公にとっては、今宵が最後の機会となろう。仕損じたら、仕官話はなかったことになる」

「承知つかまつった」

見上げる楼閣の二階からは、粋な三味線の音色が聞こえてくる。

芸者と乳繰りあう侍のすがたが、影絵となって障子に映っていた。

「あれは、荒巻右京であろうか」

おそらく、そうにちがいない。

昨夜に引きつづいて、今宵も命を狙われようとはおもってもみまい。

油断を衝けば、確実に勝機はある。

雨は、さきほどよりも強くなってきた。

ふと、気づいてみれば、奥村はいない。

大間は茶屋の敷居をまたぎ、誰にも誰何されずに奥の大階段までたどりついた。

消炭（けしずみ）らしき若い衆に声を掛け、厠はどこかと尋ねる。

一階と二階にひとつずつあり、二階の厠は階段を上って右手の廊下をいったさきにあるという。

礼を言い、大階段を上っていった。

堂々としているので、怪しむ者もいない。

大階段を上りきると、仕切られた客間がいくつかあった。

何組かの客が金に飽（あ）かせて、どんちゃん騒ぎを繰りひろげている。

荒巻もきっと、何処かの部屋にいるはずだ。

鯨屋の金で芸者をあげ、城勤めの憂さを晴らしているにちがいない。

「それも今宵で仕舞いだ」

ここからさきは、運を天に任せるしかない。

厠に身を潜め、荒巻が来るのをじっと待つ。

最初の気配が近づいてきた。

侍のようだが、別の男だ。
大間は気配を殺し、厠からするりと抜けだした。
見知らぬ酔客と擦れちがい、廊下の片隅に佇（たたず）む。
長い小便が終わるのを待ち、ふたたび、厠へ忍びこんだ。
誰かが来れば厠を抜けだし、廊下の暗がりに身を隠す。
そしてまた、厠へ戻る。その繰りかえしだ。
厠に身を潜めてしばらく経ったころ、荒巻らしき者の気配が近づいてきた。
獣じみた気配は、すぐにそれとわかる。
全身の肌が粟粒（あわつぶ）だった。
片隅に屈（かが）んで息を殺し、石になれと念じる。
人影がひとつ、狭い入り口にあらわれた。
荒巻右京だ。
慣れない酒を呑んだせいか、足がふらついている。
「死ね」
身を寄せた瞬間、別の男の気配が後ろから近づいてきた。
だが、この機を逃すわけにはいかない。

「ふん」

脇差を抜いた。

白刃が荒巻の左胸に突きたつ。

「ぬおっ」

剔るように刺し貫くと、凄まじい膂力で頭を抱えこまれた。

「む」

息ができない。

もろともに、倒れこむ。

汚物や血の臭いを嗅ぎながら、どうにか身を剝がして立ちあがった。

仰向けになった荒巻は、眸子を瞠って死んでいる。

大間は脇差を引きぬき、入り口へ一歩踏みだした。

刹那、脇腹に鋭い痛みをおぼえた。

かたわらに、見知らぬ若侍が立っている。

「……く、くせもの」

声ばかりか、四肢をも震わせていた。

大間の脇腹には、白刃が刺さっている。

白刃を引きぬき、かたわらに抛った。

「ひぇっ」

若侍は尻をみせ、這うように逃げていく。

大間は傷ついた腹を摑み、廊下をわたって大階段を下りた。

急所は外れてくれたので、何とか歩くことはできる。

「……こ、こんなところで、死んでたまるか」

残りの悪党どもは、まだのうのうと生きている。

平内との再会も果たさず、死ぬわけにはいかない。

気力を振りしぼり、茶屋の外へ出た。

雨はまだ、激しく降りつづいている。

暗がりから、奥村が近づいてきた。

「首尾は」

と、強面の顔で問うてくる。

「どうした、傷を負ったのか」

「……た、たいした傷ではござらぬ」

気丈に応じながらも、がくっと片膝をついた。

「大丈夫か、手を貸そう」

「……か、かたじけない」

顔を持ちあげると、頭上に白刃が光った。

「えっ」

問う暇も与えられず、白刃が振りおろされてくる。

――ずん。

脳天に衝撃をおぼえ、奥村の顔がひっくり返った。

と同時に、平内の顔が浮かんでくる。

子どものころの顔だ。

その顔が、水泡と消えていく。

断崖絶壁から落ちまいと、崖の縁へ必死に手を掛けた。

岩の一部が脆くも剝がれ、どこまでも滑りおちていく。

「口封じじゃ。わるくおもうな」

暗闇に吸いこまれる瀬戸際で、大間小五郎は誰かの声を聞いたような気がした。

十一

二日後、十七日は二ノ酉である。

夜になり、白いものが落ちてきた。

「初雪か」

つぶやいたのは、鼻を赤くさせた孫兵衛だ。

「まるで、大間小五郎の死を悲しんでいるかのようじゃ」

蔵人介は孫兵衛とともに、藁店に足を向けている。

昨夜、深川の堀割で大間らしきほとけがみつかった。

報せてくれたのは『まんさく』の常連でもある観音(かんのん)の辰造(たつぞう)だ。

孫兵衛がそれとなく、大間の行方を捜させていたのである。

大川の向こうは縄張りの外だが、辰造は岡っ引き仲間に頼み、手配りをしていた。

蛇の道は蛇(へび)、怪しいほとけが堀に浮かんだので、もしやとおもって連絡を取ってくれたらしい。

ともあれ、大間小五郎は琴のもとへ戻ってきた。

今宵は、しめやかに通夜（つや）がいとなまれる。

荒巻右京が門前仲町の茶屋で刺殺されたことは、すでに、蔵人介の耳にもはいっていた。居合わせた若侍が初老の刺客の腹を刺したことも聞いていた。おそらく、大間が荒巻を刺したのだ。そして、みずからも腹に傷を負い、自力で茶屋の外に逃れたものの、力尽きてしまった。

平内が蔵人介と同じ筋を描き、父の死を察してくれることを祈った。

裏長屋の朽ちかけた門には、白張（しらは）りの提灯が灯っている。

門の内は閑散としており、奥の部屋に弔問客が訪れている気配もない。

気後れをおぼえつつも、孫兵衛と部屋のまえまで進んでいった。

寒風が吹きこまぬように、戸は固く閉められたままだ。

孫兵衛が身を寄せ、何も言わずに戸を開けた。

土間に足を踏みいれてみると、ほとけは布団に寝かされ、顔には白い布がかぶせてある。

焼香の煙が細長く立ちのぼるなかで、琴はぽつんと座っていた。

こちらに気づき、はっとしてお辞儀をする。

ふたりもお辞儀をし、雪駄（せった）を脱いで板の間へあがった。

孫兵衛は枕元に躙りより、白い布をそっと捲りあげる。

大間の頭には、傷を隠すためか、布が巻かれていた。

表情は笑っているようで、じつに穏やかだ。

「うっ、うっ」

孫兵衛は大間の額に手を翳し、嗚咽を漏らしはじめた。

蔵人介もそれをみて、感極まってしまう。

琴はかたわらで、泣きくずれていた。

必死に耐えていたものが、堰を切って溢れてきたかのようだ。

しばらくして平静を取りもどすと、孫兵衛は琴に謝った。

「わしなんぞが泣いてしまって、申し訳ない」

「何を仰います。義父はきっと喜んでいるとおもいます」

孫兵衛が線香をあげているあいだ、蔵人介はほとけをじっとみつめていた。

妙だなとおもったのは、頭に巻かれた布だ。

「琴どの、その布を外してもよいか」

「あ、はい」

外してみると、脳天に深い金瘡が見受けられた。

おそらく、致命傷となった傷であろう。

だが、岡っ引きの辰造は「頭を斬られた」とは言っていない。

若侍が刺したのは腹だ。

さりげなく確かめてみると、なるほど、腹にも刺し傷があった。

かなり深いが、急所は外れている。

腹を刺したあとに、頭を斬ったのだろうか。

いや、そんなはずはない。

それならば、厠に屍骸が転がっていたはずだ。

頭を斬った別の者がいたのであろう。

蔵人介は、焼香台に目を移した。

何故か、羽織の片袖が置いてある。

「義父が握っていたそうです」

と、琴が言った。

「いまわに破った敵(かたき)の袖ではないかと」

「手に取ってもよいか」

「どうぞ」

袖を広げてみると、永楽銭の家紋が白抜きで染めぬかれていた。

何処かで目にしたことがある。

あそこだ。

筑土八幡の境内でみかけた。

宍戸藩の馬廻役を束ねる男が纏っていた。

ふと、善知鳥(うとう)の地唄が耳に聞こえてくる。

——これをしるしにと、涙を添へて。

鳥殺しの罪業に悩む猟師の霊が旅の僧に麻衣(あさぎぬ)の片袖を渡し、どうか回向(えこう)をと願う場面だ。

「ふうむ」

荒巻殺しは、奥村がやらせたにちがいない。

ことが済んだあと、大間は奥村に口封じされたのだ。

「どうか、なされましたか」

と、琴が心配そうに尋ねてくる。

「いえ、何でもござらぬ」

余計な心配を増やさぬよう、蔵人介はことばを濁した。

雪はまだらに降っている。
「静かじゃな」
訪れる者もいない。
孫兵衛は帰ろうとせず、蔵人介もつきあうことにした。
三人とも心の片隅では、誰かの到来を期待しながら待っている。
子ノ刻を過ぎたころ、ひたひたと跫音(あしおと)がひとつ近づいてきた。
閉められた戸の向こうで、跫音は止まる。
三人は息を詰めた。
琴が、よろよろ立ちあがる。
裸足のまま土間に下り、震える手で戸を開けた。
蓑笠(みのかさ)も着けずに立っているのは、平内にほかならない。
「……へ、平内さま」
震える声が、雪に吸いこまれていく。
「琴、すまなんだな」
平内がこたえた。
その声も震えている。

「わっ」

必死に縋りつく琴を、平内が抱きとめた。

ときが止まったようになり、ようやく、琴が身を離す。

「すみません。お義父さまがあんなことに」

「謝るでない。謝らねばならぬのは、わしのほうだ」

「さ、なかへ」

平内は導かれ、ぎくりとして足を止める。

ようやく、こちらに気づいたのだ。

「ご子息か」

孫兵衛が厳しい口調でたしかめた。

「さあ、こちらに来て、父御のお顔をご覧なされ」

言われるがままに、平内は足を運ぶ。

枕元に膝を寄せ、息もせずに父親の顔をみた。

「穏やかなお顔であろう」

「はい」

「おぬしに、どれだけ会いたがっていたことか」

平内はたまらず、父親の胸に俯した。

「父上、父上」

と、ただそれだけを繰りかえし、童子のように泣きじゃくる。

やがて、涙も涸れたころ、平内は床に両手をついた。

「矢背さま、何から何まで申し訳ございません。拙者、隠津出の証拠を握りました。これにござります」

懐中から取りだされたのは、裏帳簿のようだった。

「ただ今より藩へおもむき、ご家老に悪事の一部始終を上申する所存でおります」

「今からまいると」

「はい。明日になれば、敵に勘づかれる恐れもござる」

蔵人介は溜息を吐いた。

「止めはせぬ。されど、少しばかり慎重に構えてみてはどうか」

「清廉潔白なご家老ならば、かならずや、お聞きとどけになるはず」

「誰か仲立ちになる上役でもおるのか」

「おります。それでは」

平内は決然と立ちあがる。

「琴、今しばらく待っておれ。父上の無念を晴らしてまいるゆえな」

「はい。いつまでも、お待ち申しあげております」

走りさる平内も武士なら、三つ指をついて見送る琴も武士の娘だ。

再会はつかのま、雪は音もなく降りつづいている。

蔵人介の胸には、不吉な予感が去来していた。

十二

五日後、霜月二十二日。

蔵人介のすがたは、津軽屋敷のなかにあった。

本所の上屋敷ではなく、亀戸(かめいど)天神の横にある下屋敷のほうだ。

広大さを誇る下屋敷の庭には、十間(じつけん)川から水を出し入れできる池がある。

その池に浮き床をしつらえ、津軽公の御前で善知鳥を舞ってみせねばならない。

志乃に「顔を立ててほしい」と頭を下げられたら、断ることなどできなかった。

演目を善知鳥だけに絞り、秘かに猛稽古を積んできたのだ。

「三ノ酉で舞うまえに、津軽公の御前で舞ってほしい」

伝えてきたのは、村雲一族の末裔だという水口伽耶であった。

津軽公の御台所は田安家から嫁した欽姫ゆえ、伽耶は欽姫の意向を汲んできたらしかった。

今日も橋渡し役となり、蔵人介を津軽屋敷へ導く役目を負った。

「津軽公に安堵していただくための予行にござります」

伽耶に言われずとも、舞わねばならぬ意図はわかっている。

本番で通用する舞いかどうか、夜鷹殿はみずからの目で確かめたいのだ。

通用しないときは、観世流や金春流の名人を脅してでも連れてこさせる腹でいるという。

「噂どおりのうつけじゃな」

と、蔵人介は正直に存念を告げた。

しかも、かたわらには御台所ではなく、寵愛する鯨屋の娘を侍らせるという。

欽姫は「どなたかに灸を据えていただけぬものか」と、伽耶のまえで本音を漏らしたらしい。

なるほど、夜鷹殿に灸を据える好機かもしれぬと、蔵人介はおもった。

お気に入りの新郷次郎左衛門も、側室の父である鯨屋庄兵衛も、津軽公の近くに侍ることだろう。そのふたりに引導を渡す好機ではないか。

蔵人介には、急がねばならぬ理由があった。

平内が屋敷内の牢に入れられたのだ。

見通しが甘かったというよりほかにない。

裏帳簿は江戸家老のもとまで届かず、申しひらきの機会も得られぬまま、平内は謀反人として捕らえられた。

今や、その命は風前の灯火となっている。

「急がねばならぬ」

悪党どもを葬らないかぎり、平内は斬首されてしまうだろう。

この機を逃せば、おそらくは二度と、琴に再会できなくなる。

そうさせぬためにも、新郷と鯨屋に引導を渡さねばならなかった。

疾うに、陽は落ちた。

控部屋で半刻余りも待たされている。

閉めきられた背後の襖に、人の気配が近づいた。

「矢背さま、そろりとお仕度を」

伽耶だ。

蔵人介は眸子をひらき、みずから打った能面を取りあげた。

あの世とこの世のあわいに立ちあらわれた、瘦男(やせおとこ)の面である。

懐中に抱えて立ちあがり、腰には鳥羽(とば)の蓑を着け、身には縷(よれ)の水衣(みずごろも)を纏う。

さらに、黒頭(くろがしら)と呼ぶ鬘(かつら)をかぶり、瘦男の面をつけた。

あとは細長い杖を持てば、鳥殺しの罪業に懊悩する外ヶ浜の猟師の霊ができあがる。

『善知鳥』という演目のみどころは、猟師の霊が地獄の責め苦にもがき苦しむさまをあらわすカケリの舞いにあった。それは立山曼荼羅(たてやままんだら)に描かれた地獄絵をも彷彿(ほうふつ)させ、成仏できぬ者の苦悩を生きながらに体感できる。観る者は誰しも、救済を祈らざるを得ない心境に追いこまれるという。

控部屋から出ると、御前へとつづく長い廊下に重臣たちが列座していた。

丸みを帯びたからだつきの重臣が立ちあがり、長袴の裾をたくしあげつつ近づいてくる。

「当家用人、新郷次郎左衛門にござる。矢背蔵人介どのと申すか。何でも、田安さまに縁(えん)ある御仁とか。ともあれ、本日はつつがなく舞って進ぜよ」

ふてぶてしい態度で案内役を買ってでるのは、奇しくも隠津出で私腹を肥やす黒幕であった。

「それにつけても、能を家業とする者ではなく、幕臣のなかに『善知鳥』を舞う者があろうとはな。いずれにしろ、当家の浮沈はそなたの舞いひとつに掛かっておる。ふむ、そう申しても過言ではあるまい。何せ、浮き床で舞わねばならぬのだからな。わが殿の卓抜(たくばつ)なお企てを上様もたいそうお喜びになり、見事に舞うことができたあかつきには、津軽家の安泰のみならず加増もお考えくださるとか。されどな」

新郷は身を寄せ、囁くようにつづけた。

「正直に申せば、無理をせずともよい。舞いながら池に落ちるのもご愛敬(あいきょう)、能が狂言(きょうげん)に取って代わるだけのはなしじゃ。あくまでも余興ゆえ、上様もわが殿もお心の片隅では失態を望んでおられる」

風も止み、池の水面は氷の鏡のように張りつめている。

痩男と化した蔵人介は一言の返答もせず、長い廊下を滑るように進んだ。

囃子方の笛や鼓に合わせて、闇の底から地唄が響いてくる。

「……鹿をおふ猟師は山をみずといふことあり。身の苦しさも悲しさも忘れ草の追(おひ)鳥(とり)、高縄をさし引く汐の末の松山風荒れて、袖に波こす沖の石または干潟とて海越しなりし里までも、千賀の塩竈(しおがま)身を焦がす報ひをも忘れける事業(ことわざ)をなしし悔しさよ……」

瘦男の舞うべきカケリの場は、半刻余りにおよぶ演目の終盤にある。

池の周囲にしつらえた松明（たいまつ）の炎が、浮き床へつづく朱の橋懸かりを妖艶に映しだしていた。

客席はみえぬ。

吐息も咳払いも聞こえぬ。

面をつけたときから、心は夢幻の狭間に導かれている。

「……うとう、やすかたのとりどりに、品変りたる殺生（せっしょう）のなかに、無残やなこの鳥のおろかなるかな筑波嶺（つくばね）の、木々の梢（こずえ）にも羽を敷き、浪の浮巣をも掛けよかし、平沙（へいさ）に子を生みて落雁（らくがん）の、はかなや親は隠すとすれど、うとうと呼ばれて子はやすかたとこたへけり、さてぞ取られやすかた……」

黒頭の瘦男は橋懸かりを駆けぬけ、ひらりと宙に飛びあがるや、すとんと浮き床のまんなかに舞いおりてみせる。

そして、身じろぎもしない。

まるで、ひとひらの雪が釈迦（しゃか）の掌（て）に舞いおりたかのようだ。

やにわに、お囃子は転調し、哀愁を帯びた地唄は怨念の唸りとなり、闇を裂かんとする喚(おめ)きへと変わった。

猟師に子を奪われた親鳥の悲しみは深く、親鳥は血の涙を流して空を飛びまわる。この涙に濡れると死にいたるため、猟師は蓑笠をかぶらねばならない。善知鳥は地獄で化鳥(けちょう)となり、罪人に終わることのない苛烈な責め苦を与えつづけるのだ。

「……親は空にて血の涙を、親は空にて血の涙を、降らせば濡れじと菅蓑(すがみの)や、笠をかたぶけここかしこの便りを求めて隠れ笠、隠れ蓑にもあらざれば、なほ降りかかる血の涙に、目も紅に染めわたるは、紅葉の橋の鵲(かささぎ)か……」

痩男はカケリを舞った。

杖を振り、身を独楽(こま)のように回転させ、宙に飛んでは片足で立ち、黒頭を左右に振りまわした。

浮き床は微動だにしない。

観ている者は身も心も吸いよせられ、みずからも地獄の苦しみを体感する。

「……娑婆(しゃば)にては、うとうやすかたとみえしも、うとうやすかたとみえしも、冥途(めいど)にしては化鳥となり、罪人を追つたて鉄(くろがね)の嘴(くちばし)を鳴らし、羽をたたき銅(あかがね)の爪を磨ぎ立てては、眼を摑んで肉(しし)むらを、叫ばんとすれども猛火のけぶりに、むせんで声をあげ得ぬは、鴛鴦(おしどり)を殺しし科(とが)やらん。逃げんとすれど立ち得ぬは、羽抜け鳥の報ひか……」

闇に炎が揺らぎ、雪はしんしんと降りつづいている。

痩男の吐く白い息は吐かれた途端に凍りつき、鋭い欠片(かけら)となって観る者の胸に突きささる。

「……うとうはかへつて鷹となり、われは雉(きじ)とぞなりたりける、遁(のが)れ交野(がたの)の狩場の吹雪に、空も恐ろし地を走る、犬鷹に責められてあら心うとうやすかた、安き隙なき身の苦しみを助けて賜(た)べや御僧、助けて賜べや御僧と、言ふかと思へば失せにけり……」

この世に生を受けた者ならば、かならずや大小の罪を犯している。

せめてあの世では罪を贖(あがな)いたいと、涙に暮れる夜もあったはずだ。

客席に座る信順をみやれば、滂沱(ぼうだ)と涙を流している。

おそらくは、みずからの怠惰を戒めんとして諫死した家老の無念をおもっているのであろう。

「高倉、高倉」

と、その声はつぶやいているかのようだった。

廊下に居並ぶ重臣たちも浮き床の幻影をみつめ、ひとり残らず噎(むせ)び泣いている。

一方、痩男そのものは橋懸かりから退出し、何処かにすがたを消していた。

面を取った蔵人介は、客たちが舞いに心を奪われている間隙(かんげき)を衝き、悪党どもの背後に気配もなく迫っている。

――たん、たたん。

鼓の音色が一段と高く響くやいなや、鯨屋庄兵衛の首が飛んだ。

――たん、たたん。

間髪を容(い)れず、新郷次郎左衛門の首が飛ぶ。

鯨屋の娘も重臣たちも、信順ですらも、しばらくは身に降りかかる血の雨に気づかずにいた。

唯一、伽耶だけが異変に気づいたようだったが、蔵人介の仕業とはおもわなかった。

何せ、悪党どもが首を失ったあとも、痩男は浮き床のうえで舞いつづけていたのだ。

「親は空にて血の涙を、親は空にて血の涙を、降らせば濡れじと菅蓑や……」

摩訶(まか)不思議なこの夜の出来事は、けっして外に漏らしてはならぬと、家臣たちに厳命された。

十三

——不吉なことよ。

津軽屋敷における能のお披露目は、血腥いものになった。

箝口令が敷かれたにもかかわらず、禍々しい噂は千代田城内にもさざ波のように広がり、こののち、三ノ西の御前能が取りやめになったのは言うまでもない。

津軽出羽守信順は、不行跡により軟禁にかぎりなく近い隠居を命じられた。

そして、つぎの当主には、あらかじめ定められていたかのように、支藩の黒石藩から新しい殿様が迎えられることになった。順承という学問好きの殿様である。幕府の筆頭老中までつとめた三河吉田藩の藩主、松平信明の五男にほかならない。

暗愚な当主の血は引いておらず、家臣たちはほっと胸を撫でおろしたという。

一方、隠津出を詳細にわたって調べあげた高倉平内の訴えは、江戸家老直々の命により詮議の場に諮られるはこびとなった。新郷家は改易を免れず、鯨屋も見世をたたまざるを得なくなり、側室となった油屋の娘は放逐された。不正によって甘い汁を吸ってきた者たちには、こののち、厳罰が下されるにちがいない。

もちろん、功労者の平内は解きはなちとなり、別段締役を統括する勘定奉行配下の筆頭組頭への昇進を内示された。信順の行状を諫めて腹を切った高倉盛隆の名誉は回復され、藩の行く末を案じた忠臣の死は報われたかたちになったのである。


月が替わって師走朔日の早朝、蔵人介は孫兵衛とともに日本橋へ足をはこんだ。

平内と琴が故郷の津軽へ旅立つため、祝いも兼ねて見送りにきたのだ。

「よう晴れたな。お天道さまも、ふたりの門出を祝っておるようじゃ」

孫兵衛の眼差しは、平内の胸に抱かれた大間小五郎の遺骨に注がれている。

「さすが、侍の夫婦じゃ。旅装束が凜々しいのう」

おようからのはなむけだと言い、孫兵衛は琴に小さな壺を手渡した。

「昆布の佃煮じゃよ」

「それはそれは、何よりにござります」

琴はさも嬉しそうに微笑み、平内の横顔を覗く。

「おぬしらが再会できたのも、すべてはお父上の導きじゃ。わしはそうおもう」

平内と琴は目頭を熱くさせ、何度もうなずいてみせる。

「ほれ、振りかえってみよ」

孫兵衛に言われたとおり、ふたりは仲良く振りかえった。橋の欄干越しに雪をいただいた千代田城がみえ、その遥かさきに霊峰富士がくっきりとみえる。朝陽に輝く神々しい雄姿に、うっとり見惚れつつも、やがて、ふたりは橋から離れ、何度となく振りかえりながら去っていった。

遠ざかる背中を見送り、孫兵衛とも別れ、蔵人介は今から城へ向かわねばならない。平常ならば内桜田御門から登城するのだが、今日だけは常盤橋御門から大手御門をめざす。

常盤橋御門を潜って左手へ少し進むと、銭瓶橋の北詰に蟹のようなからだつきの男がしかつめらしい顔で立っていた。

従者の串部六郎太だ。

「殿、遅うござりますぞ」

「そうでもあるまい」

串部は朝の寒さに耐えかね、しきりに鼻水を啜りあげる。

「心許ないな。肝心の声は出るのか」

「それはもう、お任せくだされ」

串部は胸をどんと叩き、げほっと咳きこむ。

ふたりはゆったり歩きだし、屯所脇を抜けて大手御門前の下馬先へやってきた。

朔日は定例の登城日ゆえ、行列を組んだ大名たちが挙ってやってくる。

すでに巳ノ四つ（朝十時）を前に、若年寄や老中たちは御門の向こうへ消えていた。

つぎに御三家、御三卿、御家門の親藩がつづき、譜代、外様と登城の順は決められている。蔵人介は朝餉の役目を免れているため、本来ならば大名たちがいなくなってからの出仕でよい。

――どん、どん、どん。

西ノ丸の太鼓櫓からは、出仕を促す音色が響いている。

気づいてみれば、供人の串部はどこかに消えていた。

下馬先には、大名家の供人たちが集まっている。

整然とした家臣団もあれば、落ちつかずに私語を交わしている家臣団もあった。

今は、御家門の親藩に列する殿様たちが登城する順番を待っている。

「おや、そこもとではないか」

あらぬほうから声を掛けられ、蔵人介は振りむいた。

呼びかけたのは、風折烏帽子に照柿色の大紋を纏った年若い殿様だ。

宍戸藩一万石の藩主、松平主税頭頼位であった。

家老らしき老臣が諫めるのもかまわず、扇を開いて手招きする。

「近う寄れ、近う」

命じられたとおりに近寄り、冷たい地べたに片膝をついた。

「いつぞやは、御膳所で危ういところを助けてもろうたな。そこもとがおらねば、今ごろわしは、いや、わが藩はどうなっておったかもわからぬ。おぬしは恩人じゃ。じつはあのとき聞いたはずの名を失念してな、名を聞かせてもらえぬか」

「はっ、矢背蔵人介にござります」

「たしか、上様のお毒味役であったな。たいせつなお役目じゃ。つつがなく励むがよかろう」

「はは」

深く頭を垂れたところで、登城の順番がまわってくる。

供人を束ねる強面の組頭が、時服を抱えて近寄ってきた。

袖には永楽銭の家紋が見受けられる。

奥村軍兵衛であった。

「わが殿からの褒美じゃ」

ぞんざいに言いはなち、時服を寄こそうとした。

そのときだ。

下馬先の最後方から、何者かの唸り声が轟いてくる。

「天網恢々、天網恢々、疎にして漏らさず、疎にして漏らさず」

太鼓櫓の太鼓よりも、腹に響く声だった。

叫んだ者が蔵人介の従者だと気づいた者はひとりもいない。

「何事ぞ」

誰しもが声のほうを振りむいた。

奥村もそのひとりだ。

気を逸らすや、足許に白刃が光る。

胸に強烈な痛みをおぼえ、奥村はくわっと血を吐いた。

串部とおぼしき男の声は聞こえなくなり、元に戻った下馬先には時服を手にした屍骸がひとつ転がっている。

蔵人介のすがたは、すでにない。

奥村自身も、誰に斬られたのかわからぬまま逝ったことだろう。

殿様の一行も気づかずに、大手御門の向こうへ消えていった。

騒然とする下馬先を尻目にみて、矢背家の主従は通用口のある平川御門へ向かっている。

「殿、つつがなくおつとめを済ませましたな」

戯ける串部の臑を蹴り、何事もなかったかのように歩きつづける。

平川御門の手前で、主従は別れねばならない。

「されば、行ってらっしゃいませ」

蔵人介は串部に背を向け、平川御門を潜った。

右手の本丸をめざしてしばらく進み、本丸の手前で左手に折れれば、二ノ丸とのあいだを分かつ汐見坂へたどりつく。

江戸湾を一望できる坂を下ると、右下にみえてくるのが白鳥濠であった。

第三代将軍家光の御代、美しい水上舞台が水面に浮かぶ鳥のごとく築かれていたという。大火事で焼失した天守閣と同様、そののち、白鳥濠に能舞台が構築されることはなかった。

しかるゆえに、家慶は敢えて水上舞台を所望したのかもしれない。

家光のころの威光を取りもどしたいと、強く望んだにちがいなかった。

津軽公の口から漏れた浮き床は、あながち、的外れな発案ではなかったのだ。

このの ち、万が一能を所望される機会があるとするなら、はて、どうしたものかとおもう。

「親は空にて血の涙を、親は空にて血の涙を、降らせば濡れじと菅蓑や……」

痩男の面をつけたとて、二度と『善知鳥』のカケリを舞うことはできまい。

たとい志乃に頭を下げられても、こればかりは峻拒(しゅんきょ)するしかなかろう。

蔵人介は苦笑しながら、雲ひとつない空を振りあおいだ。

六郷川の仇討ち

一

鬼役の修行とは、鯛を睨むことなり。

卯三郎は、ほっと溜息を吐いた。

粘り強さが信条とはいえ、さすがに、睨み鯛の苦行にも飽きかけている。

剣術の稽古で九段坂上の練兵館へ通うのが、今では唯一の息抜きになっていた。

そちらはそちらできつい剣術修行なのだが、日がな一日畳に座って鯛を睨んでいることをおもえば極楽にいるようなものだ。

今日は師走の三日、千代田城内の吹上で番方二十五名による騎射上覧があった。

無論、幕臣でもない卯三郎が観覧できようはずもない。

従者の串部に言わせれば「奥方さまは馬に乗っても海内一の弓取り」らしく、幸恵本人も「男に生まれて参じたかった」と笑いながら漏らした。

養母になるであろう幸恵からそのような本音を聞かされたこともなかったので、卯三郎は嬉しかった。が、やはり、実子の鐵太郎を差しおいて鬼役の後継者になるのは抵抗がある。とりもなおさず、それは矢背家の跡取りになることを意味するからだ。

鐵太郎は自分の生きる道をみつけるために、大坂へ旅立った。瓦町で医療に取りくむ緒方洪庵のもとで、今ごろは勉学に励んでいることだろう。

志乃も蔵人介も「鐵太郎のことは気にするな」と言う。

母親の幸恵だけが納得できない様子なのはわかっていた。

そもそも、自分は矢背家の隣に住んでいた納戸払方の三男坊にすぎない。公金横領に関わって双親と兄が悲惨な死に方をし、天涯孤独の身になったところを、隣人の誼で救ってもらった。練兵館で神道無念流を学び、剣には多少の自信がある。館長の斎藤弥九郎には「肝が据わっている」と褒められた。しかし、たったそれだけの自分が矢背家の跡継ぎになってよいものかどうか、詮無いことをいつまでも悩んでいる。

八ツ刻過ぎ、卯三郎は九段坂上の練兵館で稽古を終え、番町の大路を市ケ谷御門のほうへ歩いていた。

腰に差した刀の柄は、氷柱のように冷たい。

雪まじりの旋風が吹きぬけ、裾をさらっていく。

「ふう」

左右の掌をかさね、白い息を吐きかける。

そこへ、ひたひたと跫音が聞こえてきた。

前方右手の辻角だ。

いきなり、小柄な侍が飛びだしてくる。

必死の形相で駆け、こちらに向かってきた。

さらに、何人かの跫音がつづき、同じ辻角から三人の月代侍が飛びだしてくる。

「待て、待たぬか」

小柄な侍はどうやら、三人に追われているらしい。

「おい、そやつを捕まえてくれ」

居丈高に怒鳴られ、卯三郎はむっとした。

低く身構えたものの、小柄な侍を捕まえずに後ろへ逃がす。

それどころか、追ってくる連中に通せんぼをして堰きとめた。

「……な、何をする」

月代侍たちは足を止め、腰の刀に手を掛けた。

「退け、退かぬと斬るぞ」

と、三人は威嚇するように吠える。

退かずにいると、一斉に本身を抜いた。

揃って青眼に構え、本身の先端を鶺鴒のように振りながら迫ってくる。

北辰一刀流を修めた連中のようだ。

それにしては、腰つきがおぼつかない。

たいしたことはなさそうだなと、卯三郎はおもった。

「いやっ」

突出したひとりが、大上段から斬りつけてくる。

楽々と躱して懐中に飛びこみ、腹に柄頭を突きこんだ。

「うっ」

ひとり目がくずおれると、残りのふたりは左右に開いた。

「小癪な、手加減せぬぞ」

左右から挟まれ、卯三郎は仕方なく刀を抜きはなつ。
「ぬえっ」
右の相手が、八相（はっそう）から袈裟懸けに斬りつけてきた。
これを沈みこんで躱し、きれいに胴を抜く。
すぐさま、三人目が背後から突いてくる。
卯三郎は独楽（こま）のように回転し、片手打ちで額を打った。
「きょっ」
相手は白目を剝き、地べたに倒れる。
いずれも峰打ちだ。
三人は俯（うつぶ）したまま、ぴくりとも動かない。
手加減してやったので、そのうちに目覚めるであろう。
卯三郎は素早く納刀し、首を捻って振りかえった。
少し離れた辻陰から、さっきの侍が窺っている。
睨みつけると、慌てたように顔を引っこめた。
「妙なやつだ」
昏倒（こんとう）した三人をまたぎ、足早に離れていく。

しばらく進むと、背中に跫音が聞こえてきた。

足を止めて振りむけば、小柄な侍も立ちどまる。

どこまでも従いてくるので、卯三郎は駆けだした。

「ほいさ、ほいさ」

ひとつさきの四つ辻で右手に曲がり、全速力で駆ける。

小柄な侍も袖をばたつかせ、懸命に追いかけてきた。

土手の手前で急に足を止め、振りむいてみせる。

侍は追いすがろうとして、前につんのめった。

「ひゃっ」

派手に転んだので、卯三郎はそばまで近づいていく。

「おい」

呼びかけると、起きあがって睨みつけてきた。

挑むような眼差しだが、あきらかに、男の目ではない。

髪は若衆髷に結い、着物も黒羽織を纏っているものの、近くでみればすぐに若い娘とわかる。それゆえ、さきほどは助けてやったのだ。

「おぬし、おなごであろう。何故、そのような扮装をしておる」

侍に化けた娘は、ぺこりとお辞儀をした。

「拙者、鏡野冬馬と申します。おなごではござらぬ」

「嘘を吐くな、見掛けも声もおなごではないか。それに、さきほどの連中は何だ」

「あの者たちは、赤岩頼母と申す寄合旗本の用人たちでございます。拙者が赤岩邸の門前で怪しげな動きをしていたため、追ってきたのでござる」

「もう一度聞こう。何故、男の扮装をしておるのだ」

冬馬と名乗る娘は、淋しげにうなだれた。

「女は捨て申した」

「えっ」

「捨てた理由をお聞きいただけませぬか」

「……な、何でわしが、理由なぞ聞かねばならぬ」

「助けていただいた縁ゆえにでございます」

「縁だと。ふん、莫迦らしい」

強がってみせつつも、娘の「縁」という言いまわしに、妙な色気を感じてしまう。

「立ち話も何でございます。水茶屋にでもはいりませぬか」

意表を衝かれ、卯三郎は面食らった。

「ここいらに水茶屋はないぞ」

と応じつつも、神楽坂上の『まんさく』をおもいだす。

蔵人介に何度か連れていってもらい、孫兵衛ともすっかり親しんでいた。

孫の鐵太郎が江戸から居なくなって淋しかろうに、実の孫も同然に可愛がってくれるのだ。美味いものがいつもたくさん置いてあり、腹が減って仕方のないときに立ち寄って、ご馳走してもらったこともあった。

娘が長い睫毛(まつげ)を瞬き、下から覗きこんでくる。

「あの、ご姓名を伺ってもよろしゅうございますか」

「えっ、まあ、かまわぬがな。それがしは卯木(うつき)……いや、矢背卯三郎だ」

ぶっきらぼうに言いはなち、土手道を牛込御門に向かって歩きはじめる。

鏡野冬馬と名乗る娘はわるびれた様子もなく、あたりまえのような顔で従いてきた。

二

日暮れまでにはまだ早いので、瀟洒(しょうしゃ)な仕舞屋には暖簾も掛かっていなかった。

おおかた、仕込みの最中であろう。

板戸を開けて敷居をまたぐと、包丁を握った孫兵衛が振りむいた。

「おっ、卯三郎か。ちょうどよいところへ来た。ほれ、これをみろ」

組板に包丁を置き、両手ですっぽんを持ちあげてみせる。

「ばらすかばらすまいか、迷うておったところじゃ」

孫兵衛は不敵に笑い、すっぽんを俎板のうえに載せた。

引っこんだ首の付け根に包丁の先端を刺しこみ、すっぽんを逆さに持ちあげるや、片口のなかへ大量の生き血を搾りだす。

かたわらの「冬馬」は口をへの字に曲げ、おもわず目を背けた。

卯三郎は床几に座り、興味深げに孫兵衛の手許をみつめる。

すっぽんは甲羅を剝ぎとられ、首や手足をばらばらにされたうえで臓物を除かれた。

どうやら雌のようで、腹に抱えた卵は三杯酢に漬けて肴にするという。

身はすべて水と酒で満たした鍋に入れ、ことこと弱火で煮込まねばならない。

いずれにしろ、見惚れるほどの手際のよさだ。

三十年余りも天守番をつとめた元御家人とはおもえない。

「ほれ、生き血を呑むか」

孫兵衛はふたつの猪口に血を注ぎ、横並びに座ったふたりの前に置いた。

卯三郎はひと息で呑みほしたが、冬馬はためらっている。

孫兵衛は息が掛かるほど顔を近づけ、首をかしげてみせた。

「もしや、おなごか」

「いいえ、拙者は鏡野冬馬」

掠れた声で名乗り、冬馬は目を瞑って生き血を呑みほす。

「くはは、夜も眠れぬようになるぞ」

からかう孫兵衛の後ろから、おようが瓜実顔を出した。

「卯三郎さま、ようこそ、おいでくださりました。さあ、これをお連れさまに。お口直しにござります」

おようは微笑み、暖かい蜆汁を出してくれる。

冬馬は蜆汁を啜り、高鳴る動悸を抑えた。

孫兵衛が尋ねてくる。

「何故、若衆髷を結っておるのじゃ」

冬馬の代わりに、卯三郎がこたえた。

「じつは、その事情をはなしたいと申すので、連れてまいりました。ついさきほど、練兵館の帰り道に出会したばかりで。三人の侍に追われておったもので、余計なことは知りつつも、助けてしまいました」

喋れば喋るほど、言い訳がましく聞こえてくる。

「余計なことをするのは、矢背家の伝統じゃ。別にわるいことではない」

孫兵衛はそう言い、自分もすっぽんの生き血を呑む。

「ぷへえ、効きよる。年寄りにゃ毒かもな」

冬馬は眉をひそめ、卯三郎に問うてきた。

「斎藤弥九郎の練兵館に通っておいでなのですか」

「おいおい、師匠を呼びすてにするな」

「申し訳ありませぬ。されど、斎藤弥九郎と申せば、音に聞こえた剣豪にござります」

「だから、呼びすてにするなと申しておる」

卯三郎がうんざりした顔でたしなめると、孫兵衛が笑いながら口を挟んだ。

「さよう。その音に聞こえた剣豪の愛弟子なのだ、こやつは」

「まことでござるか。それならば、是非ともお願いしたきことが。仇討ちの助太刀をお願いできませぬか」

あまりに唐突すぎる頼みに、卯三郎は口にふくんだ酒を吹いてしまう。

「……も、申し訳ござりませぬ。事情も告げず、勝手なお願いをいたしました」

事情とやらを聞くか聞くまいか、卯三郎は迷った。

聞けば手を貸さねばならなくなり、抜き差しのならない事態に追いつめられるかもしれない。

卯三郎の心情など斟酌する余裕もなく、娘は訥々と語りはじめた。

「わたくしの父は、鏡野新兵衛と申します。鳥取藩池田家の御小姓組組頭をつとめておりました」

今から八月前、卯の花が咲いたころ、江戸の藩邸で禍事が勃こった。とある小姓の昇進を祝う宴席で佐治兵介という組下の者をかばい、鏡野新兵衛は同じ組下の名和数之進という小姓に斬られた。名和は佐治の許嫁に恋心を抱いており、酔った勢いで刀を抜いたらしい。

「名和は藩内屈指と評される一貫流居合の手練、父は抗う暇もなく、袈裟懸けで一刀のもとにされました」

名和はその夜のうちに藩邸を抜けだし、卑怯にも遠戚にあたる旗本の屋敷へ逃げこんだ。

「それが、番町にある赤岩頼母邸であったと」

「さようにござります。父はお殿様のおぼえもめでたく、御小姓衆を束ねる組頭としてご信頼いただいておりました。理不尽にも死にいたらしめた名和数之進を、けっして許すわけにいかぬと、お殿様は仰せになったそうです」

藩としても内々に抗議を申し入れたにもかかわらず、幕府の目付筋からは匿った旗本の意向で名和数之進の身柄を引き渡すわけにはいかぬとの返答が寄こされた。

卯三郎は、憤然と唾を飛ばす。

「旗本の意向だと。赤岩某は何と申しておるのだ」

「窮鳥懐に入れば猟師も殺さずと、何食わぬ顔で言ってのけたとか。それを聞かれたお殿様は烈火のごとくお怒りになり、納戸方のわが兄新吾に向かって、かならず仇を討ってまいれと直々にお命じになりました」

ところが、頼るべき兄は不運にも病に倒れ、今は生死の狭間をさまよっているのだという。

「わたくしを除いて子はおらぬゆえ、仇を討つには女を捨てるしかござりませぬ。わたくし、ほんとうの名は冬と申します。冬に馬をつけ、冬馬と名乗ることにしたのでござります」

やはり、聞かねばよかったと、卯三郎は臍を噛んだ。

孫兵衛がまた、口を挟んでくる。

「赤岩頼母さまと申せば二千五百石取りの御大身、管槍の名手として知られる元御槍奉行じゃ」

「まことにござりますか」

「ふむ、どのようなお方かは知らぬが、御名だけは存じておる。それにしても、事の発端が池田家の家臣同士の揉め事であることといい、斬った者が元御槍奉行の御旗本のもとへ逃げこんだことといい、鍵屋の辻の再来じゃな」

のちに歌舞伎の演目にもなった鍵屋の辻の仇討ちは、二百年余りまえの寛永七年（一六三〇）、備前国岡山藩で勃こった斬殺が事の発端となった。池田家の殿様に寵愛されていた小姓の渡辺源太夫が、恋情を寄せる藩士の河合又五郎に斬られたのだ。

好いた相手に拒まれて逆上したあげくの惨劇であった。又五郎は脱藩して江戸へ逐電し、元御槍奉行の安藤次右衛門という旗本に匿われた。激怒した殿様は幕府に又五郎の引渡しを要求するも、安藤は旗本仲間と結束して要求をはねつけ、事は外様大名と旗本の面目をかけた闘いになった。

ところが、斬殺から二年経って殿様は急死し、池田家は因幡国鳥取藩へ国替えとなった。幕府は当件について裁定を下し、安藤に同調する旗本たちには謹慎を申しつけ、又五郎には江戸追放を命じた。

喧嘩両成敗の裁定が下されたにもかかわらず、渡辺源太夫の兄である数馬は先君の遺言によって仇討ちをせざるを得なくなっていた。数馬は脱藩するものの、剣術が未熟ゆえに仇を討つ自信がない。そこで、姉婿の荒木又右衛門に助太刀を依頼した。又右衛門は郡山藩の剣術指南役である。ふたりで又五郎の行方を捜しまわり、二年後、奈良に潜伏しているのを突きとめた。江戸へ逃れようとする又五郎を、ふたりは伊賀路の途中にある鍵屋の辻で待ちぶせし、見事に本懐を遂げてみせたのである。

「妙じゃな」

孫兵衛は、首をかしげた。

「それだけの一大事なら、噂くらいは江戸じゅうに広まってもよさそうなものじゃ。ところが、地獄耳のわしでさえ知らぬ」

冬は自嘲しながら説いた。

「鍵屋の辻の轍を踏まぬため、池田家の家中に厳しい箝口令が敷かれております」

幕府のほうも、はなしを表沙汰にして、いたずらに世間を騒がせたくないのだ。

「なるほど、それゆえにか。されど、いずれ幕府は裁定を下さざるを得まい。遅かれ早かれ、経緯は表沙汰になろう。お沙汰が鍵屋の辻の先例どおりになれば、世間は仇討ちを期待する。そうなれば、尻尾を巻いて逃げるわけにはいかなくなるぞ。どうするのじゃ、卯三郎。助太刀するのか、せぬのか、こちらの娘御にしかと返答せねばなるまい」

「容易に決められることではござらぬ」

怒ったように応じると、孫兵衛は真剣な顔を向けてくる。

「侍ならば、おのれのことはなげうってでも、善人の役に立たねばならぬ。善人とは無論、冬どののことじゃ。おなごを捨ててでも父の仇を討ちたいとはな、じつに見上げた心根ではないか。ただし、決めるのはおぬしじゃ。養子縁組も控えておることだし、蔵人介は許すまいがな」

最後のひとことが効いて、いっそう、返答できなくなる。

すっぽんは煮立っていたが、湯が鍋の半分を大きく下まわるまで煮つづけなければならない。

汁は滋養となり、汁飯は舌が蕩けるほど美味い。

「娘御の言うとおり、これも縁というもの。まあ、すっぽん汁ができあがるまでに返答いたせばよかろう」

暢気に構える孫兵衛の顔を睨みつけ、卯三郎は深々と溜息を吐いた。

三

千代田城中奥、深更。

蔵人介は寝所から抜けだすと、御膳所裏手の厠へやってきた。

深閑とした暗がりに、人の気配がわだかまっている。

待っていたのは、公人朝夕人の土田伝右衛門だ。

不吉な予感を抱いた原因は、公方家慶の尿筒持ちを家業にする伝右衛門にほかならない。

あいかわらず、得体の知れぬ男だ。御小姓組番頭をつとめる橘右近の密命を帯びて間諜の役目を担いつつ、公方が命を狙われた際は最強の盾になる。平常は鋭い爪を隠しているので、御城坊主でさえ見向きもしない。

　ともあれ、厄介事を運んでくる伝右衛門に、蔵人介は一度たりとも気を許したことがなかった。

「鬼役どの、橘さまがお呼びにござります」

「今すぐにか」

「はい。夕刻、西ノ丸大奥のお毒味役がお役目の最中に亡くなりました。糸と申す若いお女中にござります」

　茸の天麩羅を食した直後、七転八倒して苦しんだあげくの惨劇だったらしい。

「髪は抜け、全身には腫れ物ができておりました。検屍におよんだ奥医師の看立では、火炎茸を食したことによるものではないかと。されど、朱色の毒茸が膳所であつかわれるはずもなく、何者かが皿をかえたとしか考えられませぬ」

「毒殺か」

「居合わせた者たちには箝口令が敷かれましたが、明日になれば噂はひろまっておりましょう」

「毒を盛った者の目星は」

「探索中にござります」

「狙われたのは、大御台様か」

「いいえ、泰姫さまではないかと」

大御所家斉の正室茂姫ではなく、家斉の末子である齢十三の姫君が狙われたのではないかという。

「お詳しいおはなしは、橘さまからござりましょう」

「待て。この身に何をさせる気だ」

「さようなこと、尿筒持ちにわかろうはずもござらぬ。では」

ふっと気配が消え、厠の周囲は静寂に包まれる。

蔵人介は寝所に戻らず、暗い廊下をたどって楓之間へ向かった。

中奥の見まわりは小姓たちの役目だが、近頃は御広敷の伊賀者も秘かに目を光らせている。油断はできない。みつかれば、首を失うことになるからだ。

めざす楓之間は遠い。足を忍ばせ、三十畳敷きの萩之御廊下を渡り、公方が朝餉をとる御小座敷脇から御渡廊下を抜けていく。

蔵人介は、廊下の途中で左手に曲がった。

そのさきは茶室の双飛亭、曲がらずにまっすぐ進めば上御錠口、銅の壁を隔てた向こうは大奥である。

蔵人介は音も起てずに戸を開け、楓之間に身を差しいれた。

闇のなかを手探りで進み、床の間へたどりつく。

掛け軸の脇に垂れた紐を掴んで引くや、芝居のがんどう返しさながら、正面の壁がひっくり返った。

仄暗（ほのぐら）いなかに燈明が揺れ、四畳半の隠し部屋があらわれる。

歴代の公方が籠（こ）もって政務にあたった御用之間だ。ただし、大御所家斉も公方家慶も訪れたことがない。小綺麗にみえるのは、この部屋で目安（めやす）箱を管理する老臣がみずから雑巾を絞って床を磨きあげているからだ。

橘右近は御用箪笥（だんす）を背にして座り、坪庭で摘（つ）んだ寒椿（かんつばき）を竹の花入れに挿（さ）していた。

丸眼鏡を掛けたこの冴えない人物が、職禄四千石の重臣とはおもえない。しかも、寛政（かんせい）の遺老（いろう）と称された松平信明（のぶあきら）のころから同役に留まり、周囲からは反骨漢にして清廉の士と目され、中奥に据えられた重石のごとき人物などと喩（たと）えられているのだ。

蔵人介は板の間に座り、低い位置にしつらえてある窓越しに坪庭をみた。

枝を伸ばした寒椿は、しんしんと降る雪に覆われている。

「師走は好かぬ」

ぽつりと、橘が漏らした。

「城内は冷え冷えとしおってな、老いた身にはこたえるわい。志乃どのは息災か」

「はい、おかげさまで」

「なればよい。そういえば、練兵館に通う居候を養子にするそうじゃの」

「よくご存じで」

「伝右衛門が申しておったわ。なかなか、凜々しい面立ちの跡継ぎらしいな」

「あやつめ、余計なことを」

「わしが問うたのじゃ。伝右衛門を責めるでない。されどな、わかってはおるとおもうが、面立ちだけで鬼役はつとまらぬぞ。単に毒を啖うだけの役目ではない。奸臣を人知れず成敗するのが裏のお役目、人斬りの業を背負わせる覚悟がなければ、鬼役を継がせるわけにはまいらぬぞ」

矢背家の家督に差し出口を挟んでほしくはないが、志乃も知らぬ人斬りの役目を負わせねばならぬのは事実だ。

蔵人介は怒りを抑え、口をぎゅっと結ぶ。

橘は花入れを脇に避け、声を落とした。

「西ノ丸の奥女中が毒を啖うて死んだ。狙われたのは、泰姫さまじゃ」

泰姫は大御所家斉の二十七女にして、五十三番目に生まれた末子である。実母は側室のお瑠璃の方だが、五つからは御台所茂姫御養女として育った。

「何故、泰姫さまが」

「末子の娘御だけに、大御所さまは『目に入れても痛くないほど可愛い』と仰ったことがあったとか。されど、ほかの側室がやっかみ、毒を盛るともおもえぬ。ちと気になるのは、先月の総触れの折、大御所さまが上様に仰った謎かけのようなおことばじゃ」

「大御所さまは何と」

「『因幡の砂糖は甘い』と仰せになった。不敵な笑みを浮かべられたのを、わしは傍から眺めておった」

「因幡と申せば、鳥取藩池田家でござりますか」

「さよう。泰姫さまが五つになった年の長月、第九代藩主になられたばかりの斉訓公との縁組が整うた。来年の師走に鳥取藩邸へ輿入れなさることが決まったばかりでな」

池田家は三十二万石の大所帯ゆえ、姻戚となれば何かと実入りは多い。大御所家斉はそのことを「因幡の砂糖は甘い」と、公方家慶に向かって自慢げに言いあらわしたのかもしれなかった。

西ノ丸に隠居して二年半が経ったものの、家斉の権威は衰えを知らない。これを家慶が苦々しくおもわぬはずはなかった。四十五になるまで将軍の座を渡されず、待ちくたびれながら恨みを募らせてきた。ようやくにして将軍の座を譲られたにもかかわらず、あたりまえのような顔で政事に口を挟まれたら、堪忍袋の緒も切れぬほうがおかしい。

御政道の舵取りは、家慶が信頼する水野忠邦を中心におこなわれている。だが、有力な大名との婚儀や養子縁組などの重要な案件について、家斉は西ノ丸からことごとく口を出してきた。勝手にはなしをすすめることもあったので、幕閣のお歴々も公方の権威が蔑ろにされているのを懸念している。

父子の対立は各々の大奥にも波及し、今や、将軍継嗣の争いにまで影響をおよぼしつつあるという。無論、継嗣は家慶の側室が産んだ政之助と定まっているものの、病弱ゆえに予断は許さず、あくまでも政之助を推す本丸と別の継嗣を立てたい西ノ丸とで静かな争いが繰りひろげられていた。

本丸大奥の中心人物は、家慶の隠れた側室とも噂される上臈御年寄の姉小路である。一方、西ノ丸の中心人物は「大御台様」と呼ばれて絶大な権力を握る茂姫であり、茂姫の意向を汲んで大奥を差配する老女の敷島にほかならない。

「泰姫さまのお命が狙われたとのご報告を受け、大御台様は御心を痛めておられる。いや、お怒りのようじゃ。近衛家の御養女となって家斉公のもとへ輿入れなされたが、そもそもは英邁豪傑の誉れも高い島津重豪公の娘御、怒り心頭に発すれば男どもとて震えあがらぬ者はない。本丸のしかるべき筋へも、即刻、下手人をみつけよとお命じになった」

茂姫御自らの御下命とあらば、水野忠邦を筆頭とする幕閣も動かざるを得ない。ただし、調べれば何が出てくるのかもわからぬので、事は慎重にすすめねばならず、派閥の色に染まらぬ公平さが持ち味の橘のもとへ密命が下されてきた。と、そういうことらしい。

蔵人介は両手をつき、問いたくもないことを問うた。

「して、拙者は何をいたせば」

「三日後、泰姫さまは増上寺へ詣られる。おぬしは姫の防となるのじゃ。まんがいち襲うてくる狼藉者があれば捕らえ、背後に控える者の正体をあきらかにせよ」

覚悟していたとはいえ、とんでもなく厄介な密命だ。

蔵人介は暗澹とした気持ちになった。

四

市ヶ谷御納戸町、自邸。

雪で覆われた庭の片隅に、赤い寒椿が咲いている。

肥えた鵯が花弁を咥え、青い空に飛びたっていった。

縁側の陽だまりには、三毛猫の「ぬけ」が丸まっている。

名付け親は鐵太郎だ。

せな毛の一部が抜けた野良猫をおもしろがり、そう呼んだ。

鐵太郎が大坂から送ってくれる便りは、かなりの数になった。昼は病気や怪我の患者を診る手伝いをし、夜は寝る間も惜しんで蘭学を学んでいるという。好きなことをやらせてもらっているので、まったく苦にはならない。風邪ひとつ引いていないので、どうか心配しないでほしいと、こちらのことを気遣った内容だった。

幸恵は便りを待ちわびている。遠く離れて暮らす息子のことが案じられてならないのだ。

一方、京からふらりと舞いもどった望月宗次郎は、行方知れずとなった母を捜す旅に出た。行く先を尋ねた志乃によれば、三国街道をたどって越後から北陸へ向かい、立山をめざすのだという。

逢える確信があるわけでもなく、風の噂に尋ね人のことを聞きかじったにすぎない。立山でみつけられなければ、四国を巡礼するかもしれず、北の涯の恐山まで足を延ばすかもしれないと、宗次郎は楽しげにうそぶいたらしい。

宗次郎は公方家慶が身分の低い女官に産ませた子だった。身分を秘されて里子に出され、縁あって矢背家に転がりこんできた。日光社参の折に家慶の影武者を依頼されたことで、生いたちがあきらかになった。城内にも宗次郎の素姓を察した者たちがおり、将軍継嗣をめぐる泥沼の争いに巻きこまれつつあったので、正直なところ、江戸から離れてくれてほっとしている。

「気楽なものだな、おぬしは」

蔵人介はつぶやき、ぬけの頭を撫でてやった。

そこへ、木刀を提げた卯三郎がやってくる。

一礼すると草鞋を履き、いつものように木刀を振りはじめた。

「ふえっ、ふえっ」

あきらかに、振りが鈍い。

心に迷いでもあるのだろう。

鬼役を継ぐことに迷いがあるのか。それとも、人を斬らねばならぬ裏の役目に戸惑いを感じているのか。

敢えて聞こうとはおもわない。

自分で解決する以外に方法はないからだ。

「ふえっ、ふえっ」

上段斬りに徹した素振りは三十回、五十回とすすみ、百回に達しようとしていた。

卯三郎はふいに素振りをやめ、汗を散らしながら近づいてくる。

「義父上、一貫流の手筋をご指南いただけませぬか」

「藪から棒に何を申す」

頭を下げられて戸惑ったものの、ぬけの頭を撫でる手を止めた。

一貫流は林崎神明夢想流から分派した居合術の一派で、蔵人介の修めた田宮流と接するところが多い。それゆえ、一手指南を望んでいるのであろうが、おやと首をかしげたくなったのは、一貫流が因幡国鳥取藩の御留流であるという点だった。

城内には泰姫の命を狙う者がおり、橘はその理由を鳥取藩池田家との関わりに求めようとしていた。

何も知らぬはずの卯三郎が何故に鳥取藩の御留流を指南せよと言うのか、蔵人介はその理由を問うてみたい衝動に駆られた。

が、黙って起ちあがり、奥から真剣を持ってくる。

ぎょっとする卯三郎に向かって、蔵人介は何食わぬ顔で諭した。

「鞘がなければ、居合の指南なぞできまい。嫌ならやめるが、どうする」

「お願いいたします」

「ふむ」

卯三郎も木刀を措いて真剣に持ちかえ、ふたりは足場のわるい雪のうえで対峙した。

「一貫流の手筋と申したな。ことばで言うてもわかるまい。みせてやるから、斬りつけてくるがよい」

「はっ」

卯三郎は撞木足に構え、腰をぐっと落としながら本身を抜いた。

刀長二尺三寸の無銘刀だ。

一方、蔵人介が腰に帯びるのは、異様に柄の長い長柄刀である。

黒蠟塗りの鞘には、鍔元で反りかえった本身が納まっていた。

——来国次(らいくにつぐ)。

刀剣鑑定の本阿弥(ほんあみ)家においても、幻と評される名刀だ。

茎(なかご)を切り、二尺五寸に磨(す)りあげた。

抜けば、腰反りの強い猪首(いくび)の刀身が飛びだす。

梨子地(なしじ)に丁字の刃文が浮かぶ刃は、悪党どもの血を嫌というほど吸ってきた。

血を吸ってきたのは、国次の本身だけではない。

柄内には、八寸の刃が仕込んであった。

柄の目釘を弾けば、抜き身の白刃が飛びだす。

蔵人介の命を何度となく救ってくれた仕込み刃だが、もちろん、卯三郎相手に使う必要はない。

「まいります」

卯三郎は発した。

肩に余計な力がはいっている。

ざっと踏みこんだ左足が、踝(くるぶし)まで雪に埋まった。

と同時に、白刃が振りおろされてくる。

蔵人介は、鞘で強烈に払いあげた。

「うわっ」

卯三郎は跳ねとばされ、尻餅をつく。

蔵人介は本身を抜いていない。

鞘ごと抜いて、白刃を弾いたのだ。

「間合いが遠い。斬る気で懸かってこねば、居合の神髄(しんずい)はみせられぬ。その覚悟がないと申すなら、教えても無駄だ。どうする、つづけるか」

「お願いいたします」

卯三郎は、乾ききった唇(くち)もとを舐めた。

ひらきなおったのか、表情から怯えが消える。

「きえっ」

気合いとともに、真っ向上段に斬りつけてきた。

蔵人介はこれを鞘で受け、瞬時に本身を抜きはなつ。

抜きあげた白刃は、卯三郎の首筋を断ったかにみえた。

が、一寸の間合いで通りぬけている。

太刀筋を眼下にとらえ、卯三郎は石仏と化した。

おそらく、死の淵を覗いたにちがいない。

「今のは雪折(ゆきおり)という技だ。居合は鞘の内で勝負する。それは喩えではない。ときには鞘そのものを盾に使う。それを知らねば、打つ手はあるまい」

「はっ」

「納刀せよ。静かに息を吐き、気を丹田(たんでん)に集めるのだ」

卯三郎は我に返り、言われたとおりにする。

柄を握った掌は、汗で湿っていた。

蔵人介は、何食わぬ顔で言う。

「つぎは、喉を狙って突いてくるがよい」

「はっ」

ふたたび、卯三郎は抜刀した。

瞬息の勢いで迫り、身を投げだすように突いてくる。

「ふん」

蔵人介は柄を逆手に握って抜刀し、ひゅっと振りあげた。

両手首に強烈な痛みをおぼえ、卯三郎は刀を取りおとす。

「諸手(もろて)返しだ。峰に返さねば、おぬしの両小手は断たれておった。相手の勢いに乗った難しい居合技だ。何が難しいかと申せば、見切りの間合いが難しい。抜くのが早すぎれば相手に躱される。遅ければ、喉を串刺しにされるだけのこと。見切りの間は、生死の間境にある。心を空にいたせば、一瞬が永遠にも感じられよう」

まるで、禅問答だ。

卯三郎は、打ちのめされていた。

居合の修練も積んできたので、少しは通用するのではと高をくくっていた。

それがまったくの夢想であることを、蔵人介におもいしらされたのである。

卯三郎は痺れた手首をさすり、震えの残った手で刀を拾った。

何とか納刀し、口をぎゅっと引きむすぶ。

蔵人介はあくまでも、冷静さをくずさない。

面に感情をあらわさず、口調も淡々と静かに語りかけてくる。

「気力が残っておるようなら、もう一手指南いたそう」

「……お、お願いいたします」

「されば、袈裟懸けで斬りつけてこい」

「はっ」

卯三郎は抜刀し、右八相に高く構えた。

示現流の「蜻蛉」に似た右八相は、斎藤弥九郎直伝の構えだ。

みずからを大きくみせ、相手を威圧する。

――気で勝つ。

という神道無念流の理合を体現した構えでもあった。

一撃必殺の袈裟懸けは、すべての技に先んじる。

誰もがもっとも数多く修練を重ねる太刀筋にほかならない。

それだけに自信もある。

丹田に気を集め、卯三郎は疳高い気合いを発した。

「きぇぇえい」

踏みこみも鋭く、刃音を唸らせて振りおとす。

刹那、眩い閃光に目を射抜かれた。

蔵人介が白刃を寝かせ、半分だけ抜いたのだ。

目を瞑った一瞬の間隙に、卯三郎は胴を抜かれていた。

「うっ」

左の脇腹に痛みが走る。

裂けた着物に血が滲んでいた。

「横雲だ。いざ斬りつけようとする寸毫の間に、最大の隙が潜んでいる。袈裟懸けに呼応した抜き胴こそが、居合の真骨頂とも言えよう。田宮流と一貫流に、さほどのちがいはない。居合の手練に対したときは、臆したようにみせかけ、まずは相手を油断させることだ。先に抜かせれば、こちらの勝ち。抜かせるためには、誘わねばならぬ。そのあたりが工夫のしどころであろう」

「ご指南、かたじけなく存じます」

「ふむ、ちと喋りすぎたな。ほれ、ぬけも欠伸を噛み殺しておるわ」

蔵人介はくるりと背を向け、廊下から奥へ引っこんでいった。

卯三郎は深く頭を垂れたまま、顔をあげることもできない。

悔し涙が目に溢れ、頬を伝って流れおちた。

未熟者め、未熟者め。

胸に繰りかえしても、いっこうに気はおさまらない。

蔵人介は身を挺して居合を指南することで、死に急ぐことの愚かさを教えてくれたのだ。

自分はまだ、誰かに命を預けられるような器ではない。

他人のために何かを成し遂げようなどと、おこがましいにもほどがある。

されども、卯三郎には鏡野冬を説得するだけの自信もなかった。

助太刀を頼まれて断る侍が何処にいる。

虚しい自問自答を繰りかえすだけだ。

陽だまりに目を向けると、ぬけのすがたはそこにない。

「野良猫にさえ愛想を尽かされたか」

卯三郎は涙を拭いて自嘲すると、すべての雑念を振りすてるかのように、真剣で素振りをやりはじめた。

五

師走六日、増上寺。

泰姫は勝ち気な性分だが、幼い頃から病弱だった。

食がほそいので痩せており、付き添う侍女が大女にみえる。

増上寺への参詣は無病息災を祈念する恒例行事であったが、膳に毒茸を忍ばされた凶事も鑑みて供人の数は倍に増やされていた。

「供侍だけで二十を越えておる。充分であろう」

囁きかけてくるのは、西ノ丸で小人衆を束ねる小頭の金杉斧三という者だ。

なるほど、駕籠の前後左右には屈強な供侍たちが随行していた。

ほかにも、打掛姿の使番ひとりと武芸に秀でた五人の多聞がおり、挟箱持ちやら陸尺も入れれば、総勢で五十に近い数になる。

金杉の漏らすとおり、隠居した大御所の末娘にしては大仰な行列ではあった。

泰姫は紺唐草の天鵞絨で包んだ駕籠に乗り、蔵人介と金杉は駕籠尻のそばを歩いている。

「いずれも手練揃いゆえ、矢背どのの手を煩わすこともなかろうよ」

金杉は不敵に笑った。

そうであることを願いつつ、桜川に架かった向海橋を渡り、大門を潜りぬける。

大門手前に下馬札が立っているものの、駕籠は三門の手前まで進んでよかった。

それにしても広い。

増上寺には三千人の修行僧がいるという。

寺領は一万余石、二十五万坪の境内には関東浄土宗の総本山にふさわしく四十八の坊中寺院と百数十もの学寮が立ちならび、市井からは「寺格百万石」と謳われていた。

その威勢は、京洛にある本山の知恩院を遥かに凌いでいる。

無論、徳川家の後ろ盾があってのことだ。

大殿本堂の南北には、歴代将軍の霊廟が建立されていた。

大門を潜った右手には、長月の生姜祭りで有名な芝神明宮がある。

松原のさきを眺めれば、二階建てで朱塗りの楼門が蒼天を貫かんとするほどに聳えている。

貪り、怒り、愚かさから解脱するための三門は「三解脱門」と称され、唐様を基調とした入母屋造の二階には釈迦三尊像と十六羅漢像が安置されていた。大門から三門までの長さは約百八間（約百九十六メートル）、これも百八の煩悩から解脱することを目途に定めたものだ。大門から三門を潜って大殿本堂にいたる道程は、人々の暮らす穢土から極楽浄土に向かう道程でもあった。

雪華文の打掛を纏った泰姫は駕籠を降り、楚々とした仕草で三門を潜った。

右手に梵鐘がみえる。

芝浦の魚が驚くので強く撞いてはならぬと戒められた鐘の音は、江戸湾を遥かに越えて安房までも届くという。旅人が一里進むあいだも余韻が残るところから「一里鐘」とも呼ばれていた。

一行は石段を上り、御本尊の阿弥陀仏が鎮座する大殿本堂へ詣った。

大殿本堂が西に配されているのは、極楽浄土をしめすからにほかならない。

さらに、大殿本堂の向こう、祥蓮池に架かった去塵橋を渡り、石段を上って黒本尊堂へ向かう。

大権現家康の命名になる黒本尊とは、恵心僧都源信の彫った阿弥陀如来像のことだ。家康が陣中に奉持し、戦の勝利を祈願した。入滅後に増上寺へ奉納され、勝運や災難避けに霊験がある仏として崇敬されている。香煙で黒ずんでいることから、黒本尊と命名されたらしい。

奥の丘陵には五重塔もみえる。

一行は大殿本堂の南にあたる右手へ進み、まずは第二代将軍台徳院の霊廟を参拝し、つぎに左手の北側に集まる三公の霊廟へ向かった。

大殿本堂の北には、第六代将軍文昭院、第七代有章院、第九代惇信院の霊廟がある。

一行は各霊廟を参詣し、最後に惇信院の霊廟を参拝すべく、鋳抜きの中門を潜った。

扉に葵紋の配された中門は青銅でつくられ、両脇には昇り龍と下り龍が鋳抜かれている。その荘厳さは日光東照宮の高麗門を連想させ、従者たちは溜息を吐いた。

門の内に人影はない。

墓所には宝塔や大名寄進の石灯籠が配され、惇信院のみならず正室や側室たちの墓も見受けられた。ご遺体は地中深くに埋められた頑丈な石室に安置され、二枚の巨石で蓋をしたうえに基壇と宝塔が置かれているという。

冷たい風が、襟足を撫でるように吹きぬけた。

いつのまにか空は黒雲に覆われ、冬ざれの荒涼とした景観がひろがっている。

「寒い」

と、泰姫がこぼした。

——ぴゅろろ。

数羽の鳶が頭上に旋回しはじめる。

嫌な予感がした。

「金杉どの、姫のまわりをご配下に固めさせよ」

「えっ」

金杉は眸子を瞠り、くわっと血を吐いた。

俯せになった背中には、棒手裏剣が刺さっている。

長さ六寸、独鈷の形状をした棒手裏剣だ。

刺客の正体を憶測する暇はない。
「ひゃああ」
侍女たちが悲鳴をあげている。
樹木や石塔の陰から、忍び装束の刺客たちが飛びだしてきた。
小頭を欠いた供侍たちは為す術もなく、つぎつぎに斃されていく。
蔵人介は突出し、ふたりの忍びを斬った。
振りむけば、泰姫は惇信院の墓石を背に負い、気丈な侍女たち三人に囲まれている。
すでに、ふたりの侍女は棒手裏剣で斃されていた。
柿色装束の忍びがひとり、供人の囲みを破って姫のもとへ迫る。
さっと横合いから人影が飛びこみ、忍びの喉笛を裂いてみせた。
使番の侍女だ。
短刀を逆手に握っている。
じつは、知らぬ相手ではない。
田安家の奥向きに仕えていた伽耶であった。
並外れた武芸の力量を買われ、橘右近から泰姫防の命を受けたという。

よく聞けば、みずからを売りこんだらしい。御三卿の奥向きで信用を築き、徳川宗家の大奥へ紛れこむ。伽耶は最初から、そうした段取りを描いていた。

橘右近に推挙状をしたためたのは、何と志乃であった。伽耶を遠戚の娘と偽り、橘のもとへ送りこんだのだ。志乃の意図はわからない。頼まれてひと肌脱いでやったにしては迂闊にすぎると言うしかないが、余計な口を挟む気もなかった。

ともあれ、本来は近衛家に仕える水口家の娘が、徳川家の姫を守るためにからだを張ろうとしている。妙なはなしだが、窮状を凌ぐには心強い味方にちがいなかった。

「命に替えてでも、姫をお守りせよ」

伽耶は凛然と叫んだ。

侍女三人も短刀を逆手に握り、身を低くして構えている。

姫の守りは四人に任せ、蔵人介は敵中に躍りこんだ。

すでに、味方は半減させられている。

が、敵の数も多くはない。

縦横に飛び跳ねているものの、生き残りは五人程度だ。

そのうちのふたりを、水も漏らさぬ勢いで斬った。

「手練がおるぞ。油断するな」

声を発した忍びは、ひとりだけ赤銅の面頰をつけている。

「はうっ」

ほかのふたりが跳躍し、中空から棒手裏剣を投げつけてきた。

蔵人介はことごとく弾きかえし、納刀しながら蹲る。

「死ね」

ふたりの忍びが、左右上方から同時に斬りつけてくる。

蔵人介は素早く抜刀し、ひとりは股間を斬り、別のひとりは首を刎ねた。

残る面頰の頭ひとり、不利と悟ったのか、容易には仕掛けてこない。

「鬼役、矢背蔵人介か。まさか、おぬしがおろうとはな」

「何やつ」

「こたえるとおもうか。ふふ、おぬしにはいささか恨みがある。いずれ近いうちに決着をつけねばなるまい」

面頰の頭は後退り、ふっと枯れ木の狭間に消えた。

声に聞きおぼえがあったが、おもいだせない。

ともあれ、厄介なことになった。

「矢背さま、だいじありませぬか」

使番の伽耶が、背中に呼びかけてくる。

振りむけば、霊廟には血腥い光景がひろがっていた。

六

師走九日。

鏡野冬は『まんさく』に「本日八つ　本所御船蔵前丁裏　大日堂境内にて待つ」との言伝を残した。

孫兵衛から使いが来たので、卯三郎は雪道に重い足を引きずった。

睨み鯛の呪縛から解かれたのは助かったが、冬にはまだ明確な返答をしていない。

覚悟は決まっていないが、放っておくこともできず、とりあえずは長い道程を歩きつづけ、浜町から新大橋を渡った。

本所まで足を延ばすのは稀なことだ。

曇天からは白いものがちらつき、爪先は凍りついている。

それにしても、どうして大日堂を指定したのだろうか。

ひょっとすると、御船蔵前丁（おふなぐらまえちょう）の界隈に住んでいるのかもしれない。

考えてみれば、何処に住んでいるのかも知らなかった。

仇討ちを命じられた直後から、藩邸を出て浪人になったはずだ。

母親はすでに亡くなっていると聞いたので、病の兄とともに何処かへ移り住んでいるのだろう。

そういえば、浜町には鳥取藩の中屋敷があった。

浜町から新大橋を渡れば、大日堂はすぐそこだ。

「藩のそばを離れられぬのか」

卯三郎は今渡った橋の向こうを振りかえり、勝手に納得した。

大川から吹きよせる風は冷たい。

刻限より少し早く、大日堂へたどりついた。

真っ白な境内を歩き、参道を逸れて御堂の裏手へ向かう。

若衆髷の冬が、注連縄（しめなわ）の巻かれた杉の木の手前で待っていた。

「よくぞ、おいでくださりました」

冬は白い息を吐き、木に立てかけた二本の木刀を手に取った。

「からだを少し、暖めませぬか」

そう言って足早に近づき、木刀を一本寄こす。

冬がやったのであろう、足許の雪は土俵のように丸く踏みかためられており、踝(くるぶし)が埋まる心配はなかった。

「詮方(せんかた)あるまい」

卯三郎は木刀を握り、青眼に構えた。

「お刀をこちらへ。重うござりましょう」

冬は主人の帰宅を待ちわびた妻のように袖を差しだし、卯三郎から二刀を預かると、後ろの杉の木に立てかける。

「いざ」

構えもそこそこに、喉元を狙って突いてきた。

「うっ」

不意を衝かれて、卯三郎は片膝をつく。

すかさず脳天へ、二ノ太刀が落ちてきた。

これを片手で弾き、さっと起きあがって身構える。

「とりゃ……っ」

今度は右八相から、冬は袈裟懸けを浴びせてきた。

弾かずに受け、鍔迫りあいに持ちこむ。
木刀が十字に合わさり、顔と顔が近づいた。
「ほっ、ほっ」
冬の息遣いは荒い。
小鼻を膨らませ、必死の形相で圧してくる。
卯三郎は六分の力で圧しかえし、ぱっと身を離した。
上段に構えた冬の動きを、片手持ちの青眼で押さえつける。
腕と一体になった木刀の先端は、冬の胸許に伸びていた。
わずかに膨らんだ胸許が、息継ぎのたびに上下する。
卯三郎は、おもわず唾を呑んだ。
相手をおなごと認識したのだ。
木刀を提げ、残心する。
「いかがした。おやめになるのか」
冬は眦を吊り、叱りつけてきた。
卯三郎はうなずき、目を逸らす。
「さよう、終わりだ。からだも暖まったしな」

「稽古をつけていただきたいのです」

「それが呼んだ理由か」

「いけませぬか。わたくしは強くなりたいのです。どうしても、父の敵を討ちたいのです」

懸命さが痛々しく感じられる。

予想よりも、遥かに冬は強かった。

一定の期間、剣術の鍛錬を積んできたのはあきらかだ。

「幼いころから、手鞠や千代紙よりも木刀のほうが好きでした。五つ上の兄は小さいころから本を読むのが好きで、剣術のほうはからっきしでした。稽古をつけてくれたのは父です。父はいつも笑いながら、兄と替わってやれと申しました。父の笑顔が好きでした。あんな死に方をするなんて……けっして、許さない。この手でどうしても、名和数之進を斬りたいのです。卯三郎さま、教えてください。どうやったら、名和を斬ることができるのか」

冬は泣きながら訴える。

卯三郎は激しく心を揺さぶられた。

名和が憎い。

この手で成敗してやりたい。

冬の気持ちが、この身に乗りうつっている。

「よくよく考えてみれば、無理なことをお願いいたしました。偶然あの場で助けていただいた方に助太刀を求めるとは、おもいだしただけでも恥ずかしゅうございます」

すっぽんの汁飯も食べられぬほど、卯三郎は悩みぬいた。

そして、返事ができなかったのだ。

やるともやらぬともこたえられなかった。

煮えきらぬ自分に腹が立ち、冬を置き去りにして『まんさく』を出た。

「孫兵衛さまが仰いました。『あやつは悩んでおる。あとしばらく、悩ませてやってほしい』と。厄介事を持ちこんだにもかかわらず、みなさまにはとても親切にしていただきました。それだけで充分なのでございます。やはり、どう考えても、あなたさまを巻きこむわけにはまいりませぬ」

「待て。わしはまだ、やらぬと申しておらぬぞ」

「えっ」

「敵は一貫流の手練、おぬしの力量では万にひとつも勝ちはない。勝ち目のない勝負に命を懸けるのは愚かなことだ。よいか、おぬしひとりのことではないのだ。本懐を遂げられなければ、藩も面目を失うであろう。おぬしが死ねば、仇を討つ者はいなくなる。機は一度だ。たった一度の機を逸すれば、上役を斬って出奔した元藩士を野放しにするしかなくなる。殿様は腰抜け呼ばわりされ、藩士たちは礫を投げられるやもしれぬ。悲しいかな、世間とはそうしたものだ。侍は面目に生き、面目に死ぬ。それができねば恥を掻かねばならぬ。されど、死を軽く考えてはならぬぞ。潔く闘って死んでも、けっして報われはせぬ。おぬしのやろうとしている仇討ちには、それだけの重みがあるということだ」

「ならば、どうせよと」

間髪を容れず、卯三郎はこたえた。

「助太刀いたそう」

「えっ」

冬は絶句した。

断られるものと、あきらめていたのだ。

「……ま、まことにございますか」

「一度口に出したことはまげぬ」

「……あ、ありがとう存じます」

冬は四つん這いになり、雪に額を擦りつける。

「やめろ、何をしておる」

腕を取ろうとすると、乱暴に振りほどかれた。

「父が常々申しておりました。『人を信じよ。人の情けを信じよ。世の中には、自分ひとりの力ではどうにもならぬことがある。そうしたときは、恥ずかしがらずに堂々と人の力を借りればよい。いずれ、倍にして返してやればよいのだ』と。番町で卯三郎さまに助けていただいたとき、わたくしは父のことばを胸に繰りかえしておりました。誠心誠意向きあえば、真心はかならず通じる。理不尽なお願いも聞き入れていただけるにちがいないと、そう信じておりました」

泣きながら吐露されることばが、卯三郎をいやが上にも煽りたてる。

ようやく、冬は起ちあがった。

「わたくしたち兄妹は、猿子橋のそばの棟割長屋に住んでおります。ほんとうなら、兄とも会っていただきたいのですが、本日はことのほか容態がすぐれず、お連れすることもかないませぬ」

「気遣いは無用だ。それより、兄上のご容態はそれほどわるいのか」

「胸を患っております。今朝ほど手桶一杯ぶんの血を吐きました。お医者さまが仰るには、長くは保たぬだろうとのことにございます」

冬は泣くまいとして、唇もとをぎゅっと結ぶ。

「できることならば、兄の生きているうちに本懐を遂げさせてほしい。父の位牌に向かって、いつもそう願っております」

もはや、受けた以上は逃れられない。

卯三郎は冬のために、命を懸けたいとおもった。

仇討ちに勝つためには、相手を知らねばならぬ。

だが、一貫流の居合を遣うこと以外、知っていることなどひとつもなかった。

七

同じ日の夜、蔵人介のすがたは西ノ丸大奥の御広座敷にあった。

男子禁制の大奥で、唯一、表役人との面談が許されている部屋だ。

橘右近に命じられて隠密裡に足を向けたのだが、肝心の橘はいない。

本丸の重臣が顔をみせたとあっては、何かと都合がわるいからだろう。

対峙するのはふっくらしたおかめ顔、大奥を束ねる老女の敷島であった。

「鬼役どのに会うのは二度目じゃな」

今春日と評されるほどの猛女らしいが、親しげに微笑むもち肌の女官に刺々しさは感じられない。

一度、望月宗次郎を引きあわせたことがあった。将軍継嗣をめぐる争いの一環であったが、公方の実子であることを確認するための会と言いながら、敷島は宗次郎が幼いころに家慶から下賜された小倉色紙をみたがった。

二枚の色紙には、小倉百人一首の撰者である藤原定家直筆の和歌が書かれていた。好事家のあいだでは、一国分の価値があるとも評されるものだ。

敷島は古筆の蒐集を趣味にしており、宗次郎よりも色紙のほうに興味があった。

「芳町の『一万尺』なる料理屋へ、わざわざ出向いた甲斐があった。紛れもなく、あの小倉色紙は本物じゃった。あのとき、古筆の真贋をおこのうた者をおぼえておるか」

「連歌屋柳左どのにございますな」

「そうじゃ。かの陰陽師、今はわらわの間者となって仕えておる。もうすぐ、この部屋へあらわれよう」

敷島が柳左に調べさせているのは、泰姫の一件にまちがいない。

蔵人介も、泰姫のことで呼ばれているのだ。

橘は多くを語らなかったが、敷島の指図にしたがえと命じられていた。

厄介事を申しつけられるのはわかっているので、鬱々とした心境から逃れられない。

多聞の淹れた熱い茶を、敷島はずるっと啜った。

「ところで、宗次郎どのはいかがしておられる」

「諸国漫遊の旅に出ましてござります」

「何と、まことかそれは」

「ご都合のおわるいことでも」

「いや、そういうわけでもないが」

いざというときの持ち札として、目の届くところに置いておきたかったというのが本音であろう。

宗次郎の周囲には、怪しい影がつきまとっていた。

本丸か、西ノ丸か、何れかの指図を受けた忍びが動向を探っていたのだ。

得体の知れぬ影から逃れるためにも、宗次郎を旅に出してよかったとおもっている。

「されば、小倉色紙はいかがした」

「それがしが預かっておりまする」

「さようか。ならば、虫がつかぬようにお気をつけなされ。売れば数万両の値がつくお宝ゆえな」

「はっ」

このときだけ、敷島は物欲しそうな顔をする。

襖の向こうに、人の気配がうずくまった。

「恐れながら、柳左にござります」

「おっ、まいったな。はいるがよい」

襖がすっと開き、白髪を茶筅（ちゃせん）に結んだ痩身の男があらわれる。

両手を畳についてお辞儀をし、膝で滑るように近づいてきた。

鳥のような眸子（まなこ）から、表情を読みとることはできない。

敵なのか、味方なのか。

ときに応じて、どちらにでもなる男であろう。

いずれにしろ、油断のならぬ相手だと、蔵人介はおもった。

敷島は丸く描いた眉を寄せる。

「柳左、調べのほうはどうじゃ」

「泰姫さまの御膳に火炎茸を仕込んだ者をみつけました」

「ほっ、さようか」

「はい。御客会釈（おきゃくあしらい）格の亀岡（かめおか）さまに仕える御端下（おはした）で、かるもと申します。宿元は御用達の油問屋になっておりましたが、調べてみますと、その油問屋に御城にあがった娘はおりませぬ。かるもを捕らえて厳しく責めたところ、詮議の途中で舌を噛みましてございます」

「死んだのか」

「はい。平常よりの覚悟がなければ、あれほど潔くは死ねませぬ。おそらくは、忍びにございましょう」

「命じた者の見当は」

「判然といたしませぬ。ただし、かるもを亀岡さまにご推挙なされたお方はわかりました」

「誰じゃ、申してみよ」

柳左はもったいぶるように間を置き、蔵人介のほうをちらりとみた。

「本丸御側御用取次の郡上院伊予守か。あの狸め、上様のご信頼厚きことを笠に着て、近頃は増長しておるのだわ」

「お待ちを。伊予守さまが差しむけたという確たる証拠はござりませぬ。かりに、そうであったとしても、伊予守さまのご一存かどうかも」

「さよう。後ろに控える姉小路さまの企てやもしれぬ。増上寺での一件といい、何故、泰姫さまを亡き者にしようといたすのか、まずは、その目途をあきらかにせねばなるまい。大御台様からも、お叱りいただいていることじゃ。泰姫さまのことは一刻も早く解決せよと、直々に命じられておる」

「はっ、承知いたしております」

「されば、おぬしの見立てを申してみよ」

敷島に命じられ、柳左は襟を正した。

「鳥取藩三十二万石を治める池田因幡守斉訓公とのご婚儀、これを白紙に戻さんがための策謀ではあるまいかと」

斉訓は八年前、家斉の御前で元服式をおこなって偏諱を受けた。泰姫との縁組が決まったのも、このときである。斉訓公は十二、泰姫はまだ五つだった。早々と縁組を決めたことひとつとっても、池田家は家斉から厚遇されてきたといえよう。

「先月、総触れの折、大御所様は『因幡の砂糖は甘い』と、上様に向かって仰せになったと伺いました。されど、因幡国を治める池田家が徳川宗家から厚遇されてきた理由は砂糖にあらず、鉄にございます」

なるほどと、蔵人介はおもった。

鳥取藩の領内には、良質な鉄を産する鉄山がある。鉄は打ち出の小槌にほかならず、幕府は鉄山だけを切りはなして直轄領にしたがっていた。池田家としては鉄山を死守しなければならず、そのためにも徳川家と姻戚になるべく、泰姫の輿入れを早めたいのが本音だった。

縁組の決定にいたる過程で、池田家から家斉のもとへ莫大な金品が贈られたことは想像に難くない。家斉からすれば、泰姫を嫁すことで、今後とも鉄山からもたらされる富の一部を享受できるのである。

「おもしろくないのは、上様の側近たちにございましょう」

大御所家斉の権威が鉄山の富によって支えられるとすれば、いつまで経っても自分たちのおもいどおりに政事を動かすことができなくなる。もちろん、甘い汁も吸えない。さきほど名の挙がった郡上院伊予守や姉小路のみならず、幕閣を支える老中の水野忠邦なども大御所家斉を煙たがっていた。

家斉の力を殺ぐために、金蔓の池田家との関わりを断とうと画策しても不思議ではない。それゆえ、泰姫は命を狙われたのだろうと、柳左は平然と言ってのける。

大胆にして乱暴な仮説だが、否定はできぬと、蔵人介はおもった。

凶事の背景には、本丸と西ノ丸の権力争いが潜んでいる。

巻きこまれた泰姫は哀れであった。

婚儀当日まで、死の恐怖を味わわねばならぬのだ。

そうさせぬためにも、謀事の黒幕をみつけださねばならない。

「これをご覧あれ」

柳左は懐中から、妙なものを取りだす。

何と、それは独鈷の棒手裏剣であった。

「何じゃ、それは」

膝を乗りだす敷島に向きなおり、柳左はにやりと笑う。

「増上寺の御霊屋から拾ってまいりました。泰姫を襲った忍びが使っていた飛び道具にござります」

「何故、さようなものを」

「かつて、本丸の御広敷に、これと同じものを使っていた頭がおりました」

蔵人介は、どきりとした。

おもいだしたのだ。十年ほどまえ、大奥を揺るがすほどの謀事があった。人の精神を蝕む阿芙蓉を丸薬にしてばらまき、大奥を意のままに動かそうとした者がいた。

「名は葛城玄蕃、御広敷番頭にござりました。その者を四谷西念寺にて討った御仁こそ、矢背どのにござります」

葛城玄蕃は一介の黒鍬者であったが、美人と評判の妹を大奥へ差しだし、家斉の側室にしたことで旗本の末席にくわえられた。それを皮切りに頭角をあらわし、御広敷の伊賀者を束ねる役目を負うまでになったのだ。

玄蕃は墓石をも一刀両断にする豪打の遣い手だった。蔵人介は激闘のすえ、八寸の仕込み刃でどうにか仕留めた。名もなき下忍の眠る供養塔のそばに屍骸となって倒れた玄蕃のすがたは、今でも瞼の裏に焼きついている。

「矢背どのをお呼びしたのはほかでもない、葛城玄蕃の亡霊を葬っていただきたいとおもいましてな」

どうやら、蔵人介を呼ぶように仕向けたのは、柳左のようだった。

「くふふ、亡霊と申す者の正体は、ほぼわかっております。玄蕃には惣次と申す実弟がおりましてな、そやつが暗躍しておるのではないかと」

蔵人介は、赤銅の面頬をつけた忍びの台詞をおもいだしていた。

——おぬしにはいささか恨みがある。

低い嗄れ声はたしかに、玄蕃の声と似ていたようにおもう。

敷島が首をかしげた。

「何故、賊の素姓がわかったのじゃ」

「葛城惣次が、一度訪ねてまいったことがござります。はぐれ忍びを束ねておるゆえ、雇ってもらえぬかと売りこんでまいりました」

「断ったのか」

「無論にござります。謀反人の実弟を子飼いにできようはずもござりませぬ。ただし、断ったあとに一抹の後悔がござりました。金で雇うた連中というものは、謀事をおこのう際に使い勝手がよいからにござります」

「何が言いたい。姉小路か郡上院あたりが葛城惣次なる者を雇い、泰姫の命を狙わせたと申すのか」

「御意にござります。葛城惣次の口から雇い主の名を吐かせられれば、処断すべき相手もはっきりいたしましょう」

「忍びが吐くものか」

「いいえ、敷島さま。忍びとはぐれ忍びは別物にございます。いくばくかの金子を積めば、かならずや利に靡くはず。矢背どのへの恨みを逆手にとっておびきよせ、雇い主の名を吐かせたあとに、矢背どのの手で始末していただけばよいのでござる」

「できようかの」

敷島はこちらに向きなおり、じっと睨みつけてくる。

「鬼役どの、泰姫さまのお命をお守りするためにも、やっていただかねばなりませぬぞ」

橘右近にも、敷島の指図にしたがえと命じられている。

連歌屋柳左への不審は募ったが、断るという選択肢はない。

「敷島さま、じつはもうひとつ、おはなしせねばならぬことが」

「何じゃ」

膝を乗りだす敷島に、柳左は軽く礼をする。

「今から八月ほどまえ、鍛冶橋御門内にある鳥取藩の藩邸内で凶事がございました。

鏡野某と申す小姓組の組頭が、何ひとつ落ち度がないにもかかわらず、名和某と申す組下の小姓に斬られたのでございます。名和は何と、藩邸を逃れて遠戚にあたる寄合旗本のもとへ逃げこみ、匿われました。藩は御公儀に引渡しを要求したにもかかわらず、御旗本の御意向で引渡しを拒んだのでございます」

敷島は天井に目を遊ばせた。

「どこかで聞いたことがあるようなはなしじゃな」

「鍵屋の辻の仇討ちにございます」

「そうじゃ、荒木又右衛門じゃ。鍵屋の辻も、発端となったのは池田家の家臣同士の揉め事ではないか」

「仰せのとおりにございます。それゆえ、対処の仕方を誤れば、藩にとっては致命傷ともなりかねませぬ」

「どういうことじゃ。もそっと、詳しく説いてみよ」

「はっ。じつは、この一件を表沙汰にせんとする動きがございます。事をあきらかにして公正に裁定せよとのお達しが、今朝ほど、上様から目付筋に下されたとか」

「上様から」

「いいえ、おそらく、上様のお耳には届いておりますまい」

「上様のお名で命を下すことができる者と申せば、御側御用取次ではないか」

「御意。こちらにも郡上院伊予守さまの影がちらついてござりまする」

「ふうむ。して、裁定はどうなる」

「先例にしたがえば、匿った赤岩頼母さまは謹慎、名和某は江戸所払いと相成りましょう。鳥取藩池田家にあっては、そこからが正念場。名和を江戸府内から逃がしたとあっては、面目が立ちませぬ。仇討ちを成し遂げ、面目を保たねばなりませぬ」

「仇討ちに失敗(しくじ)ったら、どうなる」

「斉訓公は器量を問われましょう。藩士ひとり処断できぬとは情けないと、世間の笑いものにされ、泰姫との婚儀も水に流されるやも。それどころか、一藩の命運すら左右しかねぬ事態になるやもしれませぬ」

「まさか、藩士同士の仇討ちごときで、たとい、その始末に疎漏(そろう)があったとしても、鳥取藩三十二万石が改易になるとはおもえぬ」

「改易にしたいという強い意志がはたらけば、理由(わけ)なんぞはいくらでもつけられます」

「何じゃと」

敷島は眸子を吊り、柳左を睨みつける。

「いったい、誰が鳥取藩の改易を望んでおると申すのじゃ」

「大御所様に敵対する勢力ならば、どなたでも望みましょう。因幡一国を幕領にしてしまえば、鉄山の収益もごっそり奪えますしな。池田家家中の揉め事は巧妙に仕掛けられた罠かもしれぬと、それがしは読んでおります。それが証拠に、名和某は同家に根付いた者ではございませぬ。しかも、名和を匿った赤岩さまは、かつて御槍奉行に昇進なされる際、郡上院伊予守さまのご推挙をお受けになっております」

「まことか、それは。すべてが謀事じゃと申すのか」

「御意」

柳左は力強く発し、平伏してみせる。

無論、蔵人介には知る由もない。

鳥取藩の命運をも左右しかねない仇討ちに、卯三郎が関わろうとしていることなど、想像すべくもなかった。

八

四日後、十三日は煤払い、武家も町人も朝から忙しなく家を掃除し、商家などでは掃除の終わりに番頭や手代を胴上げする。

「わっしょい、わっしょい」

師走恒例の賑やかな掛け声を聞きながら、卯三郎は神楽坂上の『まんさく』に向かった。八ツ刻を過ぎ、矢背家の煤払いも終わったので家を抜け、急ぎ足でやってきたのだ。

鏡野冬に「番町の赤岩家へ参るので、つきあってほしい」と頼まれた。落ちあうさきに『まんさく』を選んだのは、冬のほうだ。

よほど居心地がよいのか、最初に連れていってからも、ひとりで二度三度と訪れていたらしかった。

少し早めに店の敷居をまたぐと、冬はまだ来ておらず、見知らぬ老侍が座っていた。

孫兵衛は包丁を握り、目をしょぼつかせながら、俎板のうえで葱を刻んでいる。

「おう、来おったな」

老侍が床几から起ちあがり、深々とお辞儀をした。

「矢背卯三郎どのであられますな」

「はい、さようですが」

老侍は小鼻をひろげ、みずからの姓名を告げた。

「拙者、佐治兵右衛門と申します。すでに隠居した身にござりますが、鳥取藩池田家の馬廻役をつとめておりました」

「はあ」

「こちらに伺えば、矢背どのにお目に掛かることができると、鏡野新吾から聞いたもので」

「鏡野新吾どのと申せば、冬どのの兄上ではありませぬか」

「さよう。深刻な病で床に臥せっておりますが、冬どのから貴殿のことを聞き、陣中見舞いに訪れた拙者に願いを託したのでござる」

「願いとは何でしょうか」

「仇討ちの助っ人をご辞退いただきたい、とのことにござります」

「えっ」

「新吾は涙ながらに訴えました。お気持ちはありがたいが、あくまでもこれは兄妹で解決せねばならぬこと。出過ぎた妹のことをお許しいただきたいと、かように」

「承服できませぬ。拙者は冬どのと約束いたしました。やると言った以上、どなたに何を言われようとも、やらねばなりませぬ」

毅然として言いきると、老練な佐治はほっと溜息を吐いた。

「なるほど、孫兵衛どのが仰ったとおり、筋をまげぬお方のようじゃ。まあ、お座りなされ」

言われたとおり横並びに座ると、孫兵衛が絶妙の間で燗酒を盃に注いでくれた。

「ほれ、呑むがよい。落ちついて、佐治さまのおはなしを聞け」

卯三郎は渋い顔で盃を取り、ひと息でくっと呷る。

佐治が笑った。

「豪傑な呑みっぷりじゃな」

すかさず、孫兵衛が半畳を入れる。

「こやつは自慢の孫にござる。荒木又右衛門に対抗できましょうや」

「ふむ、できるやもしれぬ。されど、敵の名和数之進は手強い相手でござるぞ」

卯三郎が敏感に応じた。

「名和をご存じなのですか」

「無論、知っておる。ほんの一年前、刀ひとつで池田家に召しかかえられた男だ。お旗本の推挙状を携えて御前試合に参じ、見事な十人抜きをしてみせた。わが殿がたいそうお喜びになり、その場で禄を与え、御小姓の末席にくわえたのじゃ。それが過ちのもとであった。名和は酒癖のわるい男での、酔うと手が付けられぬほど暴れよる。兵介と申すわしの子も小姓ゆえ、なだめ役をやらされておった」

「おもいだしました。名和は佐治兵介どのの許嫁に恋情を寄せ、それが原因で刀を抜いたのだと、冬どのから伺ったおぼえがござります」

「さよう。名和に斬られた鏡野新兵衛は、わしにとってかけがえのない友であった。新吾と兵介もひとつちがいでしてな、兄弟のように育った仲でござるよ」

「まことですか」

「貴殿の仰るとおり、名和は兵介の許嫁に恋情を寄せ、それがかなわぬことを妬(ねた)んで刀を抜いたことになっております。理不尽なはなしじゃ。されど、兵介は首をかしげており申した。名和とは親しいわけでもなく、許嫁のことなど知らぬはずだと申すのでござる。であればなおさら、あきらめはつかぬ。酔うた勢いとは申せ、何故、名和は刀を抜いたのか。何故、新兵衛は兵介の盾になって死なねばならなかったのか。できれば、名和に糾したい。糾したうえで、斬ってすてたい。されど、わしにはそれがかなわぬ。兵介にも、それがかなわぬ」

佐治はぐっとことばに詰まり、白い鬢を震わす。

孫兵衛が身を寄せ、そっと酒を注いでやった。

佐治は盃を取り、くっと酒を流しこむ。

「いや、すまぬ。はなしをつづけよう。わが藩には定式がござってな、血の繋がっておらぬ者は仇討ちの助太刀ができぬのだ。助太刀をしても、仇討ちとはみとめられぬ。みとめられぬとなれば、たとい勝ちを得たとしても、ただの人斬りとして罰せられるしかない。負ければ犬死にでござる。どちらに転んでも、本懐を遂げたことにはならぬ」

藩士同士の安易な刃傷沙汰を避けるべく、先代が定めた藩是だという。

「新兵衛は面倒見のよい男でしてな、組下の小姓たちはみな、新兵衛を頼りにしておりました。口惜しいとおもわぬ者は、ひとりもおりませぬ。誰もが名和を憎み、斬りすてたいとおもうておるのでござる。されど、手が出せぬ。藩是ゆえに」

鏡野新兵衛に兄弟姉妹はおらず、亡き妻のほうにも老いた者たち以外に血縁はないという。

「仇討ちができるのは、新吾と冬だけなのじゃ。くそっ、わしにはできぬ。まことならば、新兵衛のために命を捨てたい。それができぬ辛さを耐えしのび、こうして貴殿のもとへ参じておるのでござるよ」

昂(たか)ぶる感情を酒で抑え、佐治は充血した眸子を向けてきた。

「藩と関わりのない御仁ならば、助太刀はみとめられる。それゆえ、冬は貴殿に縋(すが)ったのでござる。あれは剣術をやっておる。名和の力量もわかっておる。新吾と自分だけでは本懐を遂げられぬとわかっておった。それゆえ、貴殿のことを天の助けとおもうたに相違ござらぬ」

佐治は身を寄せ、両手を握りしめてくる。

「新吾は、わしに泣いて頼みました。されど、わしの本心は冬と同じでござる。何卒、冬の力になってほしい。あらためて、お願いいたす。憎き名和数之進を、その手で葬っていただけませぬか」

断る理由はない。

「承知いたしました」

点頭(てんとう)する卯三郎の手に、阿弥陀如来のお守りが手渡された。

「増上寺で求めた黒本尊のお守りにござる。武運(ぶうん)をお祈り申す。それがしには、祈ること以外にできることはござらぬ」

佐治は目を真っ赤にして告げると、孫兵衛に礼を言って去った。

それと入れ替わるように、おようが買い出しから戻ってくる。

後ろからは冬が、買った品を抱えて従いてきた。

たまさか、青物市場（やっちゃば）で出会ったのだという。

孫兵衛は何事もなかったように出迎え、卯三郎を促した。

「ほれ、約束をしておったのであろうが。行ってくるがよい。戻ってきたら、すっぽん汁を食わせてやる」

ふたりは追いたてられるように見世を出て、神楽坂をのんびり下りていった。

眼下に広がる濠端の河岸へ、ちょうど荷船が着いたところだ。

水面は夕陽を映し、朱色に染まりかけている。

ふたりは橋を渡って牛込御門を抜け、番町の隘路（あいろ）へ踏みこんでいった。

「それで、どうする気だ」

卯三郎が水を向けると、冬は得意げに胸を張った。

「果たし状をしたためてまいりました」

「果たし状」

「はい。名和のことを、卑怯者、臆病者と、さんざんに書いてやりましたので、読めばきっと穴蔵から這いでてくるはず」

「甘いな。だいいち、どうやって手渡す」

「門番の方にお渡しいたします。誠心誠意お願いすれば、名和に届けていただけるのではないかと」

淡い期待を抱きつつ、ふたりは重い足を引きずった。

名和数之進を匿う赤岩頼母の屋敷は、蛙原(かえるはら)を抜けたさきの四つ辻にある。

四つ辻は広小路のようになっており、近づくにつれて何やら騒がしい声が聞こえてきた。

「仇討ちだ、仇討ちだ。鍵屋の辻の再来だ」

茜色(あかね)の空に、瓦版が飛びかっている。

番町に暮らす侍や従者ばかりか、町人たちも大勢集まり、赤岩邸の門前は押すな押すなの賑わいになっていた。

なかには、門に向かって礫(つぶて)を投げる洟垂(はなた)れもいる。

「出てこい、名和数之進」

敵の名を叫ぶ浪人もあった。

何が何だか、よくわからない。

呆気にとられる冬をその場に残し、卯三郎は瓦版屋のそばへ近づいた。

「おい、何があった」

尋ねても、聞いていないふりをされる。

仕方ないので、瓦版屋の襟首を摑んだ。

「おい、何があったかと聞いておる」

「池田さまの御家中が上役を斬って赤岩屋敷へ逃げこんだ。そいつは怪しからぬと、お上がお沙汰を下したのさ」

「お沙汰は何と」

「人斬り侍は今月二十日をもって江戸所払い、匿った赤岩さまは謹慎だとさ。人斬りの罪を裁くのは藩だから、お上はいっさい関わりねえ。とはいえ、それじゃ世間がおさまらねえ。朱引内から外に出た途端、討手に狙われるにちげえねえと、まあ、あらましはそんなところさ。ほれ、手を放してくれ。こっちは忙しいんだ」

喧噪から逃れて戻ると、冬が瓦版に目を貼りつけている。

「わたくしたちのことは綴られておりません」

万が一、討手が女剣士だと知れわたれば、江戸じゅうの噂好きが鵜の目鷹の目で冬のことを捜そうとするだろう。瓦版屋は仇討ちの経緯に尾鰭を付け、おもしろおかしく書きたてるにちがいない。

そうならぬことを、卯三郎は祈った。

助太刀が世間に知れわたれば、世話になった矢背家の人々に迷惑が掛かる。そのことだけが案じられてならなかった。

九

同じころ、蔵人介は番町の騒ぎをよそに、城からの帰路を急いでいた。

別段、急ぐ理由もないのだが、公人朝夕人の調べでいくつかのことがわかり、焦る気持ちを抑えきれなかった。

御納戸町へ向かう浄瑠璃坂までやってくると、従者の串部が口をひらいた。

「さきほどの騒ぎから推すと、例の仇討ちが世間の知るところとなったようでござりますな。それにしても、人を斬って旗本に匿われた元藩士が江戸所払いとは、鍵屋の辻の先例にしたがったとしかおもえませぬ」

「わざと仇討ちをさせるために、所払いで済ませたのさ」

「そして、仇討ちを失敗らせて藩に大恥を掻かせ、あわよくば改易に追いこむのが目途だと、そういうことにござりましょうか」

「陰陽師の連歌屋柳左は、そう申しておった。改易にしたいという強い意志がはたらけば、理由なんぞはいくらでもつけられるとな」

「尿筒持ちの伝右衛門も、同じような見立てであったとか」

「ああ、そうだ。名和数之進は、増上寺で泰姫を襲った一味の者である公算が大きいと告げおった。名和は葛城惣次に命じられ、わざと仇討ちを仕組んだのかもしれぬ。斬る相手は誰でもよかった。誰が仇討ちに来ようと、返り討ちにする自信があるのだろう」

要は、藩の面目を潰しさえすればよい。

一方では泰姫を亡き者にしようと画策し、また一方では斉訓公を貶める謀事を仕掛けた。それもこれも、すべては西ノ丸の権威を殺ぐための仕掛けにちがいないと、伝右衛門は蔵人介に告げた。

「あやつの見立てではない。橘さまが、そうお考えなのだ」

「橘さまは、誰が黒幕と踏んでおられるのでしょうか」

「これほどの大仕掛けをおもいつく輩は、ふたりしかおらぬ。姉小路さまか、もしくは郡上院伊予守だろうと、橘さまは仰ったらしい。されど、証拠はない」

「さしもの公人朝夕人でも証拠を摑めませぬか。公方さまのいちもつを摑むことはできても、謀事の証拠は摑めず仕舞い。ふん、情けないやつめ」

串部のつまらぬ冗談を聞きながし、雪で滑る急坂を上りきる。

坂上の御納戸町には、白い屋根の武家屋敷が立ちならんでいた。

界隈には城勤めの納戸方が多く住み、御用達を狙う商人の出入りがめだつところから「賄賂町（まいないちょう）」などとも囁かれている。

その一角に、矢背家はあった。

二百坪の拝領地に百坪そこそこの平屋、みるからに貧相な旗本屋敷だが、二百俵取りの御膳奉行にはふさわしい。

粗末な冠木門（かぶきもん）を面前にして、主従は足を止めた。

「はとう、ぬりやっ」

鬼気迫る気合いが聞こえてくる。

「大奥さまですな。鬼斬り国綱（くにつな）を振りまわしておられるのでしょう」

志乃だけではない。冠木門を潜ると、垣根の向こうに幸恵のすがたがみえた。雪に覆われた庭の端に立ち、重籐（しげどう）の弓を引いている。

「おやおや、奥方さままで。剛毅なおふたりが揃いぶみにござりますな」
おもしろがる串部など気にも掛けず、志乃は庭のまんなかで薙刀を振りまわし、
幸恵は的を矢継ぎ早に射抜いていく。
ふたりの雄姿を、三毛猫のぬけが縁側からみるともなしに眺めていた。
ぬけだけではない。
異様に痩せて顔の蒼白い侍が、端然と座っていた。
が、よくみれば、苦しそうに肩で息をしている。
おそらく、座っているのもやっとなのだろう。
蔵人介が簀戸を開けて庭へ踏みこむと、志乃と幸恵はこちらを向いた。
志乃がつつっと身を寄せ、縁側のほうを振りむく。
「半刻前から、おまえさまをお待ちにござります」
痩せた侍がこれに応じ、床に両手をついた。
と、志乃が言う。
「あのお方の病を調伏すべく、幸恵どのとふたりで邪気を祓っておりました」
わけがわからぬ。ともあれ、本人のはなしを聞いてみるしかない。
蔵人介は縁側に近づき、立ったまま礼をした。

「当主の矢背蔵人介にござる。貴殿は」

「元鳥取藩士、鏡野新吾と申す者にござります」

鳥取藩と聞いて、蔵人介は眉をひそめる。

新吾は嫌な咳を放ち、必死の形相で告げた。

「鍵屋の辻の再来と巷間で噂になりつつある仇討ち、矢背さまはご存じであられましょうか」

「ふむ、知らぬではないが、それが何か」

「敵は名和数之進、名和に討たれた鏡野新兵衛は、拙者の父にござります」

「ん、さようか」

いささか驚かされたが、新吾の発したつぎのことばを聞き、蔵人介は目を飛びださんばかりに瞠った。

「矢背卯三郎さまが、妹冬の願いをお聞きいれになり、助太刀をお約束なされました」

「げっ、まことかそれは」

「申し訳ござりませぬ。兄の拙者がいたらぬばかりに、妹が偶然お助けいただいた卯三郎さまに縋ったのでござります。どうか、妹をお許しください。無論、助太刀は無用にござります。われら兄妹ふたり、力を合わせて仇を討ち、本懐を遂げる所存にござります」

さすがの蔵人介も返答できず、身を固めてしばらく動けずにいた。

卯三郎のことで、合点したことがある。

それを聞いてみた。

「敵の名和と申す者、もしや、一貫流の遣い手か」

「はい、仰せのとおりにござります」

卯三郎が一貫流を指南してほしいと頼んだのは、八日もまえのはなしだ。

すでに、あのときから、助太刀の頼みを受けると心に決めていたのだろうか。

だとすれば、気づいてやれなかった自分も責を負わねばなるまい。

それにしても、仇討ちの相手にばかり関心が向き、討手のほうには考えがいたらなかった。まさか、卯三郎が巻きこまれていようとは、もはや、これは運命の悪戯としか言いようがない。

庭は深閑としている。

志乃も幸恵も、そして串部も、蔵人介の返答を固唾(かたず)を呑んで待っていた。

名和数之進が葛城惣次の意を汲んで動いたとすれば、手練の忍びであることも否めない。鏡野兄妹が挑んでも勝てる相手ではなかった。

かりに、卯三郎が助太刀したとしても、勝てるかどうかはわからぬ。

負けは死だ。卯三郎が死ねば、矢背家の家督を継ぐ者はいなくなる。

眼前の新吾は、あたりまえのはなしをしているのだ。

縁もゆかりもない卯三郎が、犬死にせねばならぬ道理はない。

かしこまったと、はなしを受ければよいだけのことではないか。

されど、蔵人介は返答をためらった。

卯三郎は冬という娘に頼まれ、助太刀の覚悟を決めた。

決めた以上、あとには引くまい。

たとい、蔵人介が助太刀を申しでても峻拒するであろう。

これは自分が頼まれたはなしだ。受けた以上、蔵人介の助けを借りずにやり遂げねばならぬと、殊勝(しゅしょう)にも訴えるにちがいない。

ならば、こたえはひとつしかなかった。

「助太刀、お受けいたす」

蔵人介は、毅然としてこたえる。

「えっ」

新吾は驚いて、二の句も継げない。

蔵人介は表情も変えず、静かに言った。

「そのおからだで、わざわざおみえいただき、まことに申し訳ない。されど、貴殿の望みはかなえられぬ。矢背家の者は、一度約束したことを反故にはしない。反故にするくらいなら、腹を切る」

背後の三人は、微動だにしない。

三人とも、腹をくっているのだ。

新吾は顎を震わせた。

「……や、矢背さま」

「何も申すな。それより、精のつくものでも食べていきなさい」

幸恵がほっと溜息を吐き、屋敷に入って仕度をしはじめる。

志乃は蔵人介の背後に近づき、ひとりごとのように囁いた。

「天に与えられた試練なのやもしれぬ」

あきらめとも悲しみともつかぬ吐息が、夕暮れの静寂に溶けていった。

十

師走二十日、未明。

名和数之進は「江戸所払い」という公儀の沙汰にしたがい、朝未き(あさまだき)に番町の赤岩邸を出て芝の増上寺へ向かい、参拝もせずに東海道へ出るや、一路、品川(しながわ)宿をめざした。

一行は五人からなり、いずれも袖合羽(そでがっぱ)に手甲脚絆(てっこうきゃはん)を着け、菅笠をかぶっている。ひとりは馬に乗り、四人は徒士(かち)でしたがっていた。

徒士のひとりが名和だ。

馬上で偉そうに手綱(たづな)を握るのは、元御槍奉行の赤岩頼母にほかならない。

「六郷川の手前までお見送りしよう」

赤岩はうそぶき、用人ふたりと中間(ちゅうげん)ひとりを連れてきた。

用人のひとりは、家宝の笹穂(ささほ)槍を担がされている。

情け深い反骨(はんこつ)の士を自認する赤岩は、隠居ゆえ謹慎するにあたわずと豪語し、屋敷を飛びだしてきた。

「襲うてくる者があれば、槍でひと突きにしてくれるわ」

自慢の八の字髭をしごき、馬上で呵々と嗤っている。

東涯に朝陽が昇るころ、一行は品川宿に到達した。

棒鼻の水茶屋で小休止をとり、一泊目の宿場と定めた川崎をめざす。

縄手に吹きつける海風は冷たく、松林は生き物のように枝を揺らした。

怨念のわだかまる鈴ヶ森の刑場を過ぎ、池上本門寺の門前で中食をとる。

街道を海側に逸れれば厄除けに御利益のある川崎大師だが、そちらへは立ちよらず、まだ陽の高いうちに六郷川を指呼におくことができた。

川の流れは夙く、水嵩もあるので、渡し船は出しにくい。

一行はしばらくのあいだ、渡し小屋で待機を余儀なくされた。

名和数之進は狐目のひょろ長い男で、薄い唇もとにはいつも薄笑いを浮かべている。

一方、赤岩頼母は顴骨の張った猪武者にほかならず、ずんぐりとしたからだには粗暴さを宿していた。

「名和どの、もはや、御府内ではござらぬ。川を渡ったさきは保土ヶ谷宿、さらにそのさきから権太坂を越えていけば、相模国じゃ」

「心得てござります」

　今から何が勃(お)こるのかを、名和は心得ている。

　赤岩も予感はしているようで、どうにも落ちつきがない。

「郡上院伊予守さまから、おぬしを守るように言いつけられておる。おぬしにまんがいちのことがあれば、わしは腹を切らねばならぬでな」

「赤岩さま、ご心配は無用にござります。まんがいちのことなど、あり得ようはずもござりませぬ」

「だとよいがな」

　そうしたふたりの会話を、目つきの鋭い中間がかたわらで聞いていた。

　異変が勃こったのは、四半刻(しはんとき)ほど経ったころだ。

「船を出しますぞ」

　番人らしき親爺の声に誘われ、一行は小屋から外へ出た。

　不吉な兆しか、一転、空は雪雲に覆われている。

　地べたの雪が強風に煽られ、地吹雪となって吹きつけてきた。

「おい、まことに船は出るのか」

　赤岩が呼びかけても、親爺は返答しない。

地吹雪のせいで、川面すらはっきりとみえていなかった。

「あれでは無理じゃ。船は出せぬ」

一行が小屋へ戻ろうとしかけたとき、あらぬ方角から娘の声が聞こえてきた。

「名和数之進どののご一行とお見受けいたす」

白装束を纏った娘の影が近づいてくる。

若衆髷を結った凜々しい風貌だ。

「それがし、鏡野新兵衛が一子、冬馬にござる。父の仇を討ちにまいりました。お覚悟のほどを」

赤岩が胸を反らして「がはは」と嗤う。

「討手は誰かとおもえば、小娘ひとりではないか」

「いいえ、ひとりではござらぬ。後ろをご覧あれ」

一行が振りむいたさきに、人影がふたつ立っていた。

鎖鉢巻きに襷(たすき)掛けの卯三郎と、その手に支えられた新吾である。

「拙者、矢背卯三郎と申す。子細(しさい)あって、助太刀いたす。こちらは鏡野新吾どの、冬馬どのの兄上にござる」

白装束を纏った新吾は、喋ることもままならぬようだった。

ここまで来ることができただけでも、奇蹟というしかない。

「ふん、ひとりは若造で、ひとりは病人ではないか。三人で仕舞いか。ずいぶん、みくびられたものよ。のう、名和どの。これでは鍵屋の辻の再来どころか、仇討ちにもならぬぞ」

「赤岩さま、容赦は禁物にございます。討手と名乗られたからには、尋常に勝負いたさねばなりませぬぞ」

「おぬしがそう申すなら、やらぬではないがな」

赤岩は用人から槍を奪い、穂鞘を外して頭上で旋回させる。

冬が凜然と発した。

「赤岩頼母さまとお見受けいたす。名和数之進の助太刀をなさるのならば、敵とみなしますぞ」

「ふはは、敵じゃ、ほれ、掛かってこぬか」

「されば、いざ」

冬は刀を抜くや、地を蹴った。

「とりゃ……っ」

怯むことなく、斬りつけていく。

もちろん、赤岩は舐めきっていた。

突きを穂先で払おうとして、冬に懐中へ飛びこまれる。

「お覚悟」

「ぬおっ」

支えの右腕を浅く斬られ、赤岩は槍を取りおとした。

「くそっ、小娘め」

なおも斬りかかる冬を、手練の用人ふたりが阻む。

白刃が左右から殺到し、冬は尻餅をついてしまった。

「冬どの」

卯三郎が叫んだ。

刀を抜かぬまま、名和に対峙している。

かたわらの新吾は膝をつき、激しく咳きこんでいた。

冬は助力を得られず、みずから窮地を脱しなければならない。

「小娘を斬れ。膾（なます）斬りにせよ」

赤岩は傷ついた右腕を中間に手当てさせ、後ろから煽りたてた。

「ぬおっ」

用人のひとりが大上段に構え、冬に斬りつけようとする。
刹那、鋭い風切音が空を裂いた。
――ひょう。
鏑矢（かぶらや）が飛来し、用人の肩を射抜く。
「ぬげっ」
反動で用人は弾けとんだ。
「……だ、誰じゃ」
赤岩が声を震わせる。
地吹雪の彼方、川縁に毅然と佇む人影があった。
幸恵だ。
重籐の弓に矢を番（つが）え、弦（つる）をぎりぎり引きしぼる。
――びん。
ためらいもなく、二ノ矢が放たれた。
――ひょう。
鏑矢は風を巻き、別の用人の脹（ふく）ら脛（はぎ）を射抜く。
「ひゃっ」

頭を抱えた赤岩に、幸恵の台詞は聞こえない。

「これが今年の射納めじゃ」

と、このとき、幸恵は発していた。

聞かされていなかったので、卯三郎も驚いている。

ともかく、冬は九死に一生を得た。

三ノ矢は飛んでこず、赤岩は息を吹きかえす。

一方、卯三郎は名和と対峙したままだ。

双方とも、まだ刀を抜いていない。

抜かずに、じりじりと間合いを詰めていく。

赤岩は槍を頭上で旋回させ、穂先を突きだした。

「小娘め、幸運は二度つづかぬぞ」

人を突きたい本能が勝り、右腕の痛みは感じていないようだ。

「ほれ、懸かってこぬか」

煽られても、冬は必死に逃げるしかなかった。

刃長の差は如何(いかん)ともしがたく、いっこうに打つ手を見いだせない。

「遊びは仕舞いにしよう」

本気のひと突きを見舞うべく、赤岩は笹穂槍をしごいた。
その勢いに圧倒され、冬はまたもや尻餅をつく。
「死ぬがよい、ふん」
槍の穂先が伸びかけた。
と、そのときである。
小屋の陰から、何者かが躍りでてきた。
たたたと軽快に駆けより、ふたりに迫ってくる。
「何やつ」
赤岩は獅子吼し、槍を猛然と振りまわした。
――きいん。
凄まじい火花が散り、槍の穂先が弾かれる。
弾いたのは、白鉢巻きに襷掛けの老女だ。
薙刀を手にしている。
志乃であった。
「おぬしの相手は、このわしじゃ」
鬼の形相で言いはなち、横薙ぎに顎を殺ぎにかかる。

「ひぇっ」

赤岩は死の淵を垣間見た。

股間を小便で濡らしている。

「見かけ倒しの大身旗本め、喰らえ」

志乃は薙刀を振りあげ、脳天めがけて白刃を落とす。

――ずんっ。

峰に返された白刃をまともに受け、赤岩は白目を剝いた。

「あとは知らぬ。存分に仇を討つがよい」

志乃は言い捨て、悠然と去っていく。

「かたじけのう存じます」

冬は起きあがり、名和の背後に迫った。

卯三郎が叫ぶ。

「冬どの、気をつけよ。わしがひと太刀浴びせるまで、そこを動くでないぞ」

名和は口端を吊って笑った。

「ふふ、おもしろい連中だな。矢背卯三郎と申したか。おぬし、もしや、鬼役の倅(せがれ)か」

「何故、わかる」

「矢背という姓は、そうざらにある姓ではないからな」

「養父（ちち）を知っておると申すか」

「知らぬ。ただし、血も涙もない人斬りという評判なら聞いておる」

「何だと」

「わしは強い相手と勝負がしたい。強い相手をみると、人斬りの本能が疼（うず）くのよ。倅のおぬしを斬れば、おそらく、矢背蔵人介とも勝負できよう。ふむ、おもしろい」

「ほざけ」

卯三郎は吐きすてながらも、相手に抜かせる手を探っている。

いくら考えても、妙手（みょうしゅ）は浮かんでこない。

一瞬たりとも、つけいる隙がなかった。

「されば、まいろう」

名和は余裕の笑みを浮かべ、じりっと間合いを詰めてくる。

死神（しにがみ）に吐息を掛けられたかのごとく、卯三郎は追いつめられていった。

十一

「父の敵、覚悟」

背後から、冬が斬りつけた。

やにわに、名和は後ろ蹴りを繰りだす。

踵でどんと胸を蹴られ、冬は転んで頭を打った。

「ふん、小娘が。あとでたっぷり、可愛がってくれるわ」

起きあがってこない。気を失ったのであろう。

「させるか」

卯三郎は激昂し、刀を抜いてしまった。

右八相から、一撃必殺の袈裟懸けに出る。

「莫迦め」

名和は素早く刀を寝かせ、半分まで抜きかけた。

一手指南のとき、蔵人介が繰りだした技だ。

――横雲。

抜き胴がくる。
卯三郎は死を覚悟した。
が、胴を抜かれた感覚はない。
逆しまに、名和の片腕を断った。
――ぶしゅっ。
血が噴きだす。
すぐに、理由がわかった。
足許に、新吾が蹲っている。
何と、名和の刀を抱えていた。
咄嗟に飛びだし、身を挺してくれたのだ。
おかげで、卯三郎は命を拾うことができた。
「ぬがっ」
名和は右手で脇差を抜き、倒れこんでくる。
「お覚悟」
覚醒した冬が後ろから身を寄せ、力任せに突いてでた。
「ふえっ」

白刃の切っ先が背中から胸へ抜け、名和は地べたに額を叩きつける。

「……や、やったのか」

新吾が、卯三郎の腕のなかで薄目を開けた。

冬も紅潮した顔で駆けよってくる。

「兄上、やりましたぞ。本懐を遂げましたぞ」

「……よ、ようやった……ふ、冬よ……み、みなさまに……か、感謝せよ」

新吾は目を瞑る。

一筋の涙が零れ、卯三郎の腕を濡らした。

「兄上、逝ってはなりませぬ、兄上」

冬の叫びも虚しく、新吾は逝った。

志乃と幸恵が、そっと近づいてくる。

突如、赤岩頼母が目を覚まし、槍を手にして吼えあげた。

「ぐおおお」

獣のような呻きが、断末魔に変わる。

物陰に潜んでいた中間が、短刀で赤岩の喉笛を裂いたのだ。

幸恵に矢で射抜かれた用人ふたりも、すでに息はない。

中間は名和の屍骸に近づき、爪先で腹を小突いた。

「役立たずめ」

吐きすてたそばから、ぴっと指笛を吹く。

柿色装束の忍びどもが、周囲から湧いてでてきた。

旋風のように駆けぬけ、志乃たちを取りまいてみせる。

中間に化けた男こそは、葛城惣次にほかならなかった。

「手を焼かせおって。うぬら、束にまとめて葬ってくれる」

忍びの数は二十を越えている。

さしもの志乃や幸恵も、苦戦することは目にみえていた。

「意地をみせるまでじゃ」

と、志乃が一同を鼓舞する。

その声に呼びよせられたように、川縁から人影が近づいてきた。

地吹雪が、ぴたりとやむ。

「……や、矢背蔵人介か」

葛城は空唾を呑みこんだ。

蔵人介は袖を風に靡かせ、悠揚と足を運んでくる。

眼光は炯々として、狙った獲物を睨みつけていた。

「殺れ、あやつを葬れ」

葛城の命で下忍たちが跳ね、一斉に襲いかかってくる。

「ふん」

蔵人介は抜刀するや、ひとり目の首を刎ねとばした。

手加減はない。

ふたり目は胴を抜き、三人目は袈裟懸けに斬りさげる。

あたり一面に殺気が渦巻き、鮮やかな血煙が舞った。

「怯むな、鬼役を葬るのだ」

喝しあげる葛城の背後へも、別の殺気が迫った。

「ぎぇっ」

下忍の臑が、つぎつぎに刈られていく。

両刃の同田貫を地に這わせるのは、串部六郎太にほかならない。

「死にたいやつは懸かってこい」

不敵に嗤い、蟹のような体軀を躍らせる。

下忍たちは統率を欠き、数を減らしていった。

志乃も薙刀を振りまわし、幸恵も弓に矢を番えては弾いた。

卯三郎と冬も背中合わせになり、襲ってくる敵を果敢に退ける。

蔵人介と葛城惣次だけが乱戦から逃れ、川縁に沿って駆けだした。

「兄者の無念を晴らしてくれるわ」

「やるがよい。できるものならな」

蔵人介は足を止め、川を背にして身構えた。

葛城も呼応し、素早く間合いを詰めてくる。

双方とも刀は抜かない。

葛城も居合を得手としているのだ。

「ふふ、おぬしが田宮流を遣うのは知っておる。それだけではないぞ。柄に仕込み刃を隠しておろう」

「よくぞ見抜いた。おぬしの兄は、見抜けずに逝ったのだ」

「許せぬ」

葛城は懐中に手を入れ、独鈷の棒手裏剣を取りだした。

「はっ」

投じた手裏剣は三本におよび、二本までは弾いたが、最後の一本が蔵人介の肩口に刺さった。

「うっ」

すとんと、片膝をつく。

「痺れ薬じゃ。存外に歯ごたえがないのう」

葛城は素早く迫り、二尺に足らぬ直刀を抜いた。

「死ね」

月代のまんなかめがけ、猛然と斬りつけてくる。

その瞬間を待っていたかのように、蔵人介は抜刀した。

「むん」

仰(の)けぞった葛城の片耳がちぎれる。

すかさず、後転しながら逃げていった。

「謀(たばか)ったのか」

耳から血を滴らせ、葛城は口惜しげに吐きすてた。

蔵人介は国次を納刀し、肩口に刺さった棒手裏剣を引きぬく。

「わしに痺れ薬は効かぬ。おぬしこそ、初太刀をよう躱したな。褒めてつかわそう」

「減らず口がたたけぬようにしてくれるわ」

「待て、聞きたいことがある。雇い主は誰だ」

「わしは忍びぞ。雇い主の名を吐くとおもうか」

蔵人介は躙りより、葛城を三白眼に睨みつけた。

「おぬしにはたしか、家斉公の御側女となった姉か妹がおったはず」

「妹は死んだ。生きておれば、今ごろ、ここにはおらぬわ」

「兄も妹も死に、御城に身寄りがいなくなった。それで、雇い主の定まらぬ、はぐれ忍びに堕ちたわけか」

「喋りは仕舞いじゃ。おぬしらの首級をあげ、雇い主を満足させてやらねばならぬ」

すかさず、蔵人介は問いをかぶせた。

「雇い主が仇討ちを仕組んだ目途は」

「鳥取藩三十二万石の改易よ」

「鉄山からあがる利益のおこぼれを、頂戴できるとでもおもうたか」

「わかっておるではないか。所詮、人は利で動く。利のためなら、人の命は屑も同然じゃ。泰姫の命も、鏡野某の命も、どうだっていい」

「やはり、おぬしは地獄へ堕ちねばならぬようだな」
勝負は一瞬、白刃をさきに抜いたほうが負ける。
「すわっ」
「おう」
ふたりは抜かず、撃尺（げきしゃく）の間合いを越えた。
顔と顔が触れあうほどまで近づく。
抜いた。
ほぼ同時だが、蔵人介のほうが速い。
鞘で押さえこまれ、喉を狙われた。
雪折だ。
目釘を弾き、仕込み刃でこれを弾く。
——がしっ。
火花を嚙んだ。
刃を圧しつけると、強烈に圧しかえしてくる。
絶妙の機をとらえ、蔵人介は仕込み刃を捨てた。
誘いこまれた相手の白刃が、首の一寸脇を擦りぬける。

「ぐはっ」

葛城は血を吐いた。

心ノ臓には深々と、独鈷の棒手裏剣が刺さっている。

おのが愛刀を捨て、隠しもった相手の飛び道具を使う。

離れて勝負ができぬことは、最初からわかっていた。

「……む、無念」

葛城が抱きついてくる。

ずるっと腕から剝がれおち、屍骸（むくろ）となって凍（い）てついた地べたに蹲った。

下忍どもはことごとく成敗され、ふたたび、六郷川の川縁一帯は地吹雪に覆われはじめた。

おそらく、この仇討ちが市井の噂にのぼることはあるまい。

すべてはうやむやにされ、最初から何もなかったことにされよう。

仕掛けたほうも、仕掛けられたほうも、すべてが元通りになることを望むはずだ。

屍骸となった者たちの怨念だけが、縹渺（ひょうびょう）とした冬ざれの枯れ野にわだかまっている。

「南無（なむ）……」

蔵人介は、経を唱えずにはいられなかった。

のうのうと生きつづける本物の悪党どもには、いずれかならず、引導を渡してやらねばなるまい。

蔵人介は胸に誓いつつ、みなのもとへ戻っていった。

十二

江戸は久しぶりの好天に恵まれ、冷たい風さえも心地よい。

「え節季候（せきぞろ）節季候、さっさござれや、さっさござれや、まいねんまいねん、まいとしまいとし、旦那の旦那の、御庭へ御庭へ、飛びこみ飛びこみ、はねこみはねこみ……」

喧（やかま）しく囃（はや）したてる節季候の声が、辻向こうに聞こえている。

暮れも押しせまった日の朝、市ヶ谷御納戸町の矢背家へ、冬が訪ねてきた。

あらかじめ故郷の因幡に戻ることを聞いていたので、別れの挨拶に来ることはわかっていた。

冬は後見人となった佐治兵右衛門に付き添われ、矢背家の門を潜った。

若衆髷の冬ではない。

武家の娘らしく髪を奴島田に結い、鼈甲櫛に珊瑚玉の簪まで挿している。

振り袖は若い娘らしく、品の良い紅染めの地にふくら雀と梅が散らしてあった。

帯は黄の雷文繋ぎが刺繡された黒繻子、白足袋に雪駄履きで楚々と歩いてくる。

「みちがえたな」

出迎えた矢背家の面々は、目を丸くした。

卯三郎は呆気にとられ、ことばも出てこない。

冬は丁寧にお辞儀をし、恥じらうように喋りだす。

「兄の四十九日も明けぬのに、かようなすがたでまいったことをお許しください。これは、兄の遺言なのでござります。卯三郎さまに一度くらいは娘らしいたたずまいをご覧にいれよと、兄は仇討ちの前夜、笑いながら申しました。それゆえ、お別れのまえにご覧にいれねばと、まかりこしたのでござります」

愛おしい娘だ。男なら惚れずにはおられまい。

純情な卯三郎は、耳のさきまで赤くさせている。

黒紋付きを纏った佐治が、丁寧にお辞儀をした。

「仇討ちのこと、今や藩内で知らぬ者はおりませぬ。ただし、あくまでも内々のことゆえ、祝い事は避けよとのお触れが下されました。助太刀いただいた卯三郎さまはじめ、ご当家のみなさまには、お礼の尽くしようもございませぬ。藩邸からは今日にも使者がまいり、正式に御礼つかまつることと存じまする」

「それはそれは、もったいないことです」

志乃が応じ、ふたりを客間へ通させた。

幸恵は茶の仕度をしてあるからと、遠慮するふたりを引きとめる。

客間に落ちつくと、ふたたび、佐治が喋りはじめた。

「冬はわが殿に求められ、仇討ちの一部始終を御前で披露いたしました。同席した並みいるお歴々も感心しきりで、冬は殿から直々に褒美を授かりましてな、じつを申せば、本日締めてまいった帯がそれにござります」

「まあ、どうりで。見事な刺繍じゃ」

志乃は身を乗りだし、帯に触れようとする。

佐治は咳払いをしてから、はなしをつづけた。

「鏡野家は嗣子を失いましたが、いずれ近いうちに冬が婿を取り、お家が再興されることと相成りましょう。殿が直々にお約束なされました。『泰姫のお輿入れに合わせ、鏡野家の再興を命じる。ついては、一年のうちに婿取りをするように』とのご下命にござります」

冬は悲しげな眼差しで、末席に座る卯三郎をみつめた。

佐治は気づかない。

「冬なれば、国許に戻れば引く手あまたにござりましょう。唯一案じられるのは、勝ち気な性分にござります。なまなかの心構えでは、冬を御していくのは難しゅうござる。何せ、あれだけの大仕事をやり遂げた娘にござりますからな。ふははは」

佐治が朗らかに笑えば、それだけ、冬との別れは辛くなる。

和気藹々としたときは過ぎ、やがて、ふたりは帰っていった。

最後に冬は卯三郎のもとへ身を寄せ、目に涙を溜めて囁いた。

「孫兵衛さまにお伝えください。かならずまた、すっぽん汁をご馳走になりにまいりますと」

卯三郎は、淋しげに笑ってうなずいた。

ふたりのすがたが辻向こうに消えるまで、みなは門前から離れようとしなかった。

「美しい娘御であったな。常世に逝った父と兄も、喜んでおられることじゃろう」

志乃のことばに、卯三郎は目を赤くさせる。

蔵人介は敢えて、知らぬふりをした。

みなで別れの余韻に浸っていると、何やら仰々しい駕籠の一行がやってきた。

納戸方の屋敷が並ぶ狭い露地を、無理押しに押しながら近づき、粗末な冠木門のまえで止まったのだ。

「開門、開門」

疳高い声を発したのは、使役の御殿女中だった。

水口家の娘、伽耶である。

「志乃さま、矢背家のみなさま、泰姫さまのお出ましにござります」

「えっ」

驚いた矢背家の面々が、いったん引っこんだ家から飛びだしてきた。

伽耶が鋲(びょう)打ちのお忍び駕籠の垂れを捲ると、降り口に置かれた雪駄に白足袋がすっと伸び、ほっそりしたからだを派手な衣装に包んだ娘がすがたをみせる。

道に溢れかえる供人たちは、一斉に片膝をついて頭を垂れた。

当主の蔵人介を筆頭に、横並びになった矢背家の人々も頭を垂れる。

「姫は御自ら、お出ましになりたいとお望みになりました」

伽耶の口上を押しとどめるように、泰姫がみずから懸命に声を張った。

「矢背蔵人介どの、増上寺で危ういところを救うてくれたな。わらわはそのお礼がしとうて、まいったのじゃ。このことは、大御台様もご存じない。敷島も知らぬことゆえ、よしなにな」

泰姫はぺこりとお辞儀をし、駕籠の内へ戻っていく。

こんなことがあるのだろうかとおもい、蔵人介は頬を抓った。

駕籠の一行が去ったあとも、みなは動くことができず、しばらくのあいだ、門前に佇んでいた。

「夢のような出来事でしたな」

志乃がほっと溜息を漏らし、みなを引きつれて家に戻っていく。

夢といえば、六郷川の仇討ちも夢のような出来事としかおもえない。

矢背家は他家の仇討ちに巻きこまれ、跡継ぎを失う窮地に陥ったのだ。

まさしく、人生は紙一重、今こうして生きていることが奇蹟なのかもしれない。

「……さっさござれや、さっさござれや、まいねんまいねん、まいとしまいとし、旦那の旦那の、御庭へ御庭へ、飛びこみ飛びこみ、はねこみはねこみ」

ささらや豆太鼓の音色とともに、節季候たちの騒がしい声が近づいてくる。

恵む小銭も携えていないので、蔵人介はそそくさと家に逃げこんでいった。

まんさくの花

一

天保十一年（一八四〇）、正月二日。

諸役人は拝賀のために布衣か素襖を纏い、明け六つには登城する。

公方に供される御膳は上総国貝淵藩から献上された兎の羹、ほかにも高盛りの麦飯やいなだの膾など吉例の品が並んだ。

蔵人介は大晦日の宿直を免れたので、家の者と市ヶ谷八幡宮へ初詣にいくことができた。初日の出を拝み、若水を汲んで志乃たちに福茶もふるまった。元日の朝は年の若い卯三郎から順にみなで屠蘇を舐め、白木の新しい箸で鴨の雑煮を食したのだ。

元日は御納戸町界隈も静まりかえっていたが、二日は初荷なので朝未きから市中は忙しなかった。

松の内は、登城の刻限も早い。

内桜田御門や大手御門の馬場先は霜で凍りつき、侍たちは歩くたびに足を滑らせた。富士見櫓で出迎える鳥も寒そうに羽を震わせ、御門を潜る侍たちの白い吐息をみつめていた。

馬場先は拝賀に訪れた外様大名の家臣団で瞬く間に溢れかえり、辰ノ上刻からは御用達の商人たちがこれにくわわった。本丸城内の表向に目を移せば、衣擦れの音を響かせた大名旗本が行き交い、御城坊主どもが人の波を縫うように走りまわっている。

表向にくらべて中奥はさほど騒々しいわけでもなかったが、毒味御用はかなり早めにおこなわねばならなかった。

公方家慶は平常よりも半刻ほど早く御休息之間で起床し、小姓たちの介添えで歯磨き、うがいと洗面を済ませた。歯磨きには赤穂塩を塗した房楊枝を使い、うがいの際には唐草瀬戸の大茶碗に湯冷ましを注いで口にふくんだ。畳を濡らさぬように敷く鍋島緞通や黒塗りの痰壺、洗面に使う大きな黒盥や糠袋などを仕度するのは、小納戸方の役目だ。

そののち、ときをおかずに朝餉をとるので、鬼役は夜の明け初めぬうちから諸役人に先駆けて出仕し、朝餉の毒味御用を済ませておかねばならない。したがって、表向きの大広間で諸大名の拝賀がはじまった今は、昼餉の毒味をおこなっていた。

蔵人介は御目見得以上の旗本であるにもかかわらず、家格が低いので布衣ではなく素襖を纏っている。

笹之間での相番は、御膳所の者たちが秘かに「猪豚」と呼ぶ桜木兵庫であった。

どうやら、元旦から餅を食べ過ぎたらしい。

みっともない太鼓腹を突きだしている。

正月早々から目にしたくもない顔だが、役目ゆえに致し方なかった。

朝昼の毒味はもちろん、面倒な尾頭付きの骨取りもすべて蔵人介がやり、仕上げに供された甘味のときだけ、桜木は身を乗りだしてくる。

配膳の者が運んできた三方には、二種類の砂糖菓子が載っていた。

「越後は高田の『越之雪』に、泉州は道頓堀の『津の清』か。ふうむ、いずれも捨てがたい」

桜木の眼差しは真剣そのものだ。

毒味ではなく、味わう気でいる。

蔵人介は、舌打ちしたくなった。

「矢背どのもご存じのとおり、値が張るのは讃岐の和三盆でつくった『越之雪』のほうじゃ。口に入れた途端、舌のうえで消えてしまう。一方、石のごとく固い『津の清』も捨てがたい。こちらは乾米を挽いて小粒にし、飴と黒砂糖をくわえてつくる。ぬふふ、おこしのなかでも格別に固いが、齧りながら甘味を楽しめる」

ひとりでぶつぶつ言いながら、桜木はまず『越之雪』をひとつ摘んだ。

口に入れ、わざとらしく目を丸めてみせる。

「ほうら、消えた。まさしく、雪じゃ」

さらに、ずんぐりとした指で『津の清』を摘み、かりかり齧りはじめた。

「矢背どの、じつを申せば、それがしは歯ごたえのあるおこしのほうが好みでな。そう言えば、西ノ丸の大御所様も『津の清』のほうがお好みであった」

何年も毒味役をつとめた蔵人介が、大御所家斉の好みを知らぬはずはない。

家斉の正室茂姫は薩摩の出だけあって、琉球や奄美大島産の砂糖黍からつくった黒砂糖を好み、上品な和三盆の砂糖菓子よりも、黒砂糖のおこしを所望した。家斉も茂姫の影響で、おこしのほうを好むようになったのだ。

一方、大酒呑みの公方家慶は、そもそも、甘い物があまり好きではない。

「どうせ、お食べにならぬのだ。小姓にさげわたされる運命なら、少しばかり頂戴しても罰は受けまい」

桜木は菓子を何個かまとめて懐紙にくるみ、袖口に入れてしまう。

いつものことだ。咎める気力も湧いてこない。

三方がさげられると、蔵人介は居たたまれなくなって廊下へ逃れた。

すると、山吹色の布衣を纏った鯰顔の重臣が、脇目も振らずに通りすぎていく。

御側御用取次、郡上院伊予守実興であった。

鳥取藩池田家に改易の罠を仕掛けた黒幕にほかならない。

少なくとも、蔵人介はそう考えていた。

だが、確たる証拠を摑むことはできず、今では謀事の存否すら、うやむやになりつつある。

何しろ、郡上院の鼻息は荒い。御側御用取次は三人からなるものの、筆頭格として中奥を牛耳り、御庭番に公方の密命を伝達する役割をも担っている。師走に念願の老中首座となった水野忠邦も要領のよい郡上院を何かと頼っているようだし、本丸の大奥を差配する姉小路も公方家慶との橋渡し役に使っていた。

まさに、飛ぶ鳥を落とす勢いとは、郡上院伊予守のことを言うのだろう。

橘右近からも「腫れ物ゆえ、手をつけてはならぬ」と厳命されている。

奸臣とわかっていながらも、成敗することができない。

蔵人介の胸の裡には、口惜しさが渦巻いていた。

だからであろう。

関わらずにおけばよいものを、蔵人介は廊下に足を忍ばせた。

郡上院が消えたさきは、笹之間にほど近い御側衆の談部屋である。

戸口で耳を澄ますと、入り口脇の三畳間から囁き声が聞こえてきた。

「今朝ほど、上様が仰せになった。『島津のことは捨ておけぬ』とな」

声の主は、郡上院にまちがいない。

相手は御庭番であろう。なぜなら、談部屋からつづく三畳間こそが、公方の密命を御庭番に伝える部屋にほかならぬからだ。

密談を立ち聞きしたことがばれたら、いかなる申しひらきも通用しない。

首を抱いて平川御門から出ていかねばならぬので、蔵人介は気配を殺してそっと戸際から離れた。

と同時に、襖障子が開く。

「待て」

後ろから斬りつけるような声を浴び、蔵人介は仕方なく振りむいた。

みたことのない痩身の役人が、三白眼に睨みつけてくる。

「おぬし、何者じゃ」

誰何され、平気を装って名乗った。

「御膳奉行の矢背蔵人介でござる」

「ほほう、おぬしが矢背蔵人介か。幕臣随一の剣客らしいな。何故、そこにおるのだ」

「何故と仰っても、目のまえのお役目部屋へ戻るところにござる」

「怪しいぞ。御用向きのはなしを立ち聞きしたのではなかろうな」

睨みつける相手を、ぎろりと睨みかえしてやった。

「お疑いなら、腹でも切って進ぜましょうか」

「ほほう、噂に違わず、おもしろい男よ。毒を啖うてばかりおると、胆も太くなるらしいの。わしは神園半太夫（かみぞのはんだゆう）、このほど郡上院伊予守さまより、御庭番十七家の束ねを命じられる。見知りおくがよい」

襖障子が閉まった。蔵人介はほっと安堵の溜息を漏らす。

物腰から推しても、油断のならない男だ。

御庭番は公方直属の間諜である。第八代将軍吉宗公の御代より、紀州から連れてきた十七家の者たちが世襲してきた。御庭番に課される隠密御用には、大きく分けてふたつがある。府内や関八州の情勢を調べる地廻御用と、諸大名の治世を調べる遠国御用であった。

公方直々の命によって探索をおこなうので、老中や若年寄なども調べの対象となる。まんがいち不正があきらかになれば、公方の判断で厳罰が下される。たとえば、ついさきごろまで老中をつとめていた松平周防守康任などは、石見国浜田藩の国許で抜荷が発覚し、老中を辞職した。この一件なども、御庭番が上申した風聞書に基づいて公方が処断した例である。

幕閣の重臣たちですら、御庭番には一目置かざるを得ない。

御庭番の束ねを命じられるということは、絶大な力を与えられたも同然だった。

「危ういな」

古狸の郡上院伊予守が何かまた、新たな謀事を企てているのかもしれない。

得体の知れぬ神園という人物に、蔵人介は大きな不安と不審をおぼえた。

二

下城の刻限となった。

蔵人介は城を出て、内桜田御門から西御丸下をめざした。

空は黒雲に覆われ、八ツ刻にしては暗すぎる。

「雪でも降ってくるか」

下馬先には、主君の下城を待つ大名家の家臣たちが大勢居残っていた。

家臣たちをあてにした食べ物売りや、正月らしく獅子舞やら猿廻しなどの大道芸人たちも見受けられる。ほかにも、みすぼらしい風体の者たちが、落ちつきのない様子で大路の端をうろついていた。

物乞いではなく、駕籠訴を狙う百姓たちであろう。

老中の登下城は「四ツ上がりの八ツ下がり」などと言われているものの、下城の「八ツ下がり」が守られることはまずない。ことに、忙しい水野越前守忠邦の下城はいつも陽が落ちてからで、夜更けになることもざらだった。

したがって、百姓たちが窮状を訴える駕籠訴も、たいていは刻限の定まった登城の機会を狙っておこなわれる。八ツ刻に下馬先へやってくるのは、公事宿の主人に要領を教わっていない連中だった。

御門のそばに目をやれば、丸に十字の旗幟がはためいている。

御門脇のいちばんよい場所に陣取るのは、薩摩藩島津家の家臣団ときまっていた。

理由は、七十二万八千石の大藩であるというだけではない。藩主斉興の伯母にあたる大御台茂姫の威光によって、外様筆頭格の地位を与えられているのだ。

そもそも、茂姫は御三卿一橋家の家督を継いだ家斉と婚約を結んでいた。急遽、家斉に将軍のお鉢がまわってきたので、京洛の近衛家に頼んで養女にしてもらい、あらためて将軍の正室となったのだ。

剛毅なことで知られる先々代藩主の重豪は、将軍家への輿入れ工作のために金を湯水の如く使った。しかも、本人は「蘭癖大名」と揶揄されるほど西洋かぶれで浪費家だったので、藩の台所は火の車となった。藩財政の引きしめをはかろうとした先代の斉宣は、実子にもかかわらず、政事の実権を握る重豪によって隠居させられた。

孫の斉興は父に代わって家督を継いだが、重豪の目が黒いうちは何もできなかった。七年前に重豪が八十九歳で大往生を遂げると、ようやく改革に着手しはじめた。

改革を任されたのは、斉興に登用された調所笑左衛門広郷である。

調所は家老になり、膨大な借金を減らすためなら何でもやった。御用商人を脅して借金を無利子で二百五十年にわたる分割払いにさせ、琉球経由で清との密貿易を推進し、奄美大島や徳之島産の黒砂糖を大坂の問屋を通さずに藩の蔵屋敷で直に販売した。強引ともみえるあらゆる施策を講じ、借金を帳消しにするどころか、二百五十万両とも囁かれる余剰金を蓄えるまでになったのだ。

薩摩が日の出の勢いであることは、幕臣たちの誰もが肌で感じている。

談部屋で立ち聞きした郡上院伊予守の台詞が耳に残っているせいか、蔵人介はどうしても、島津家の家臣団に目をやってしまった。

何やら、家臣団がざわめいている。

内桜田御門から、駕籠の一行が下城してきた。

島津家の殿様ではなく、幕閣の重臣である。

駕籠脇を固める従者たちには、みおぼえがあった。

何と、駕籠の主は水野越前守忠邦にほかならない。

刻限どおりに下城するのをみるのは、おそらく、はじめてのことだろう。

それ行けとばかりに、百姓たちが駆けだした。

駕籠を担ぐ陸尺どもは登城刻のように走らず、のんびりやってくる。

下馬先に陣取る島津家の家臣団が、水野主従を出迎える恰好になった。

もちろん、無謀にも駆けよせる百姓たちのすがたは目にはいっている。

駕籠は悠然と旗幟のまえを通りすぎ、自邸のある西御丸下へと向かった。

それらすべてを把握できるところに佇み、蔵人介は事態の推移を眺めている。

駕籠まではまだ三十間（約五十五メートル）余り離れているにもかかわらず、ひとりの百姓が声を張りあげた。

「おたのみ申します。大島の、奄美大島の百姓にござります。どうか、どうか、訴えをお聞きとどけくださいまし」

百姓の声は大きく、数丁四方まで届くほどだった。

「奄美大島とはまた、遠くから来たものだ」

どうせ、願いは届くまい。

高をくくっていると、何故か、駕籠が止まった。

「えっ」

目を疑ったのは、蔵人介ばかりではない。

訴状など受けとるはずのない老中の駕籠が、百姓の声で止まったのだ。

つぎの瞬間、さらに驚くべきことが勃こった。

島津家のなかから、家臣のひとりが白刃を抜いて駆けてくる。

家臣は駕籠と百姓のあいだに割ってはいるや、甲高い雄叫びをあげた。

「ちぇええい」

薩摩示現流のすてがまり、一撃必殺の初太刀を生む猿叫にほかならない。

「ひぇっ」

白刃一閃、奄美大島の百姓は首を刎ねられた。

あたりは水を打ったように静まり、蹲る首無し胴から鮮血が噴きでる音しか聞こえてこない。

一方、老中首座の乗る駕籠は、何事もなかったように動きだした。

地べたに転がった生首を避け、急ぎもせずに遠ざかっていく。

駕籠尻を見送った目を戻せば、百姓の首と首無し胴はすでになく、島津家の連中の手で素早く片付けられたようだった。

――島津のことは捨ておけぬ。

公方家慶の発したという台詞を、蔵人介は胸の裡で繰りかえす。

奄美大島の百姓が訴えたかったのは、過酷な年貢負担に苦しむ島民たちの窮状にほかならない。約二百二十年前、琉球とともに制圧されてからこの方、薩摩藩による圧政は途切れることなくつづいていた。

訴えられたくない薩摩の連中がこれを見過ごせず、問答無用で百姓の首を刎ねたのはわからぬでもない。

わからぬのは、水野越前守のほうだ。

何故、駕籠を止めさせたのか。

訴状を受けとる意志をみせただけでも、島津家との軋轢は回避できなくなる公算は大きい。

もちろん、いまや老中首座となった水野の心情など、一介の毒味役には憶測のしようもなかった。

三

桜田御門の手前から、下城を待っていた従者の串部が駆けてきた。

「殿、驚きましたな。百姓首が刎ねられたのを、拙者も遠目でみましたぞ。薩摩示現流のすてがまり、空恐ろしい荒技にござります」

串部は上目遣いに誘ってくる。

「喉が渇きませぬか。拙者は、からからにござりますぞ」

蔵人介もまっすぐ御納戸町へは帰らず、熱燗を胃の腑に流しこみたくなった。

「神楽坂にでもまいるか」

「さすが殿、おわかりでいらっしゃる」

向かうさきは、孫兵衛とおようのいる『まんさく』だ。

背中にしたがう串部が、蔵人介の抱いた問いを口にした。

「それにしても、百姓の訴えに老中駕籠が止まったのには驚かされましたな。ご老中の水野さまはあのとき、訴状を受けとろうとなされたのでしょうか」

「わしには、そうみえた」

「奄美大島と申せば、異国も同然にござります。遠方から命懸けでまいった百姓に、お心でも移されたのでしょうかね」

水野忠邦は情で動かぬ。

「何かほかに、別の理由があったに相違ない」

「別の理由にござりますか」

考える気もないのに、串部は鋭いところを突いてくる。

「奄美大島は米作りに適さぬ土地柄ゆえ、砂糖黍を植えるのだと聞いたことがございます。百姓たちは米ではなく、黒砂糖を年貢代わりに納めるのだとか」

「黒砂糖か」

毒味したおこしの味をおもいだす。

相番の桜木兵庫は、大御所家斉は茂姫の影響でおこしが好きになったと言った。島津と茂姫と黒砂糖と首を刎ねられた奄美大島の百姓が、頭のなかで渾然一体となってくる。

主従は雪の残る小径を通り、瀟洒な仕舞屋の門前までやってきた。

「殿、あれを」

酒林のぶらさがった軒下に、黄金色の金縷梅が咲いている。

屋号の由来となった花だ。

「何やら、線香花火のごとき風情にござる」

どの花にも先んじて、まず咲く。「まず咲く」から「金縷梅」になったのだと、およように花の名の由来を聞いたことがある。

板戸を開けると、孫兵衛が浮かぬ顔で振りむいた。

床几には、老いた客がひとり座っている。

浮かぬ顔は、客のせいであろうか。

「おう、蔵人介か」

孫兵衛が告げると、客は眸子を細めた。

「ほう、そなたがあのときの……」

うっかり口から漏れた台詞を、蔵人介は聞きのがさない。

包丁を握った孫兵衛が、慌てたように誘った。

「座るがよい。おようは買いだしに出掛けておる。肴はとりあえず、蒟蒻の煮染めでよいか」

「のほほ、父上さま、ご所望、ご所望」

と、串部が横から口を出す。

孫兵衛が仕度をしていると、老いた客は帰り仕度をしはじめた。

「おや、もうお帰りで」

串部に問われ、にっこり笑う。

「用事が済んだのでな。さればまた」

名乗りもせずに軽く頭を下げ、表口のほうへ向かう。

気づいた孫兵衛が追いかけ、門の外まで見送りにいった。

串部はへっついにまわりこみ、ぶつくさ文句を垂れながらも、熱湯に浸けた徳利を持ちあげる。

煮染めを平皿に盛りつけ、蔵人介の目のまえにとんと置いた。

そこへ、孫兵衛が戻ってくる。

「父上、あの方はどなたですか」

「元の上役じゃ」

「ということは、天守番之頭」

「ずいぶんまえに隠居されたがな。中村勝之進さまと仰るのだ。面倒見のよいお方で、わしもずいぶんお世話になった」

孫兵衛は懐かしいというよりも、少し悲しげな目をする。

世話になった相手にしては、はじめてみた顔だし、名も聞いたことがなかった。

「まあ、よいではないか」

はぐらかされ、孫兵衛は何かを隠しているのだと直感した。

気にはなったが、聞かれたくないようなので、敢えて聞かずにおく。

かたわらの串部は気にも掛けず、さっそく、蒟蒻の煮染めに箸をつけた。

「気楽なやつだな、おぬしは」

蔵人介は、注がれた盃をかたむける。

熱いものが喉を通り、胃の腑に落ちていった。

串部が馬場先で勃こった凶事をはなすと、孫兵衛は顔をしかめてみせる。

「問答無用で斬るとはな。百姓が哀れでならぬ」

風貌も口ぶりも、今日の孫兵衛はいつもとちがう。

捨てたはずの侍に戻ったかのようだった。

やはり、中村勝之進という元上役のせいだろう。

嫌な過去でもあったのだろうかと、蔵人介は邪推した。

千代田城の天守は、第三代将軍家光公の御代に焼失し、それ以降は再建されなかった。ありもしない天守を守る役目は、日々、退屈との闘いであったにちがいない。どれだけ忠義に厚くとも、三十年余りも天守番をつづけるのは簡単なことではなかったろう。

幕臣の誇りを保ちつづけるのに苦労したのではあるまいかと、蔵人介は憶測した。

上役の突然の来訪が、鬱々とした過去の記憶を呼びさましたのかもしれない。

孫兵衛はそれについては触れようとせず、大坂に行った孫のことを尋ねてきた。

「鐵太郎はどうしておる。近頃はとんと文も寄こさぬが、息災にしておろうか」

「そう仰るとおもって、昨日届いたばかりの文を携えてまいりました」

懐中から文を出すと、孫兵衛は途端に眦を下げた。

文は孫兵衛に宛てたもので、風邪はひいておらぬかとか、おようの作った蒟蒻の煮染めが恋しいとか、他愛のないことが綴られている。

「あやつめ、わしのことまで案じてくれて嬉しいのう」

「寝る間も惜しんで、蘭国の医学を学んでおるようです」

「師は緒方洪庵どのか。勘定奉行の遠山左衛門尉さまには、まことに良い師をご紹介していただいたな」

「はい」

山菜の天麩羅が出てきた。

山菜のなかでも、蕗の薹は格別だ。

串部は「感謝、感謝」と言いながら、どんどん口に放りこむ。

蔵人介も蕗の薹を頬張り、口いっぱいに広がる早春の香りを楽しんだ。

「おようが白魚を買うてくる。醤油と大根おろしで食べてもよかろうし、玉子とじにしてもよかろう」

「白いご飯をいただきたいですな」

と、串部が図々しいことを言う。

孫兵衛は微笑みながら、飯は炊けておると応じた。

「蕗味噌もつくってあるから、炊きたての飯になすりつけて食うといい」

蔵人介にとっては、それが最高のご馳走である。

孫兵衛は『まんさく』で包丁を握るまえから、かならず、春になると蕗味噌をつくってくれた。御家人長屋で食べたあの味が忘れられず、自分でもつくってみたが、どうしても父親の味付けにはならない。

おそらく、味噌の量が微妙にちがうのだろう。

「隠し味に情けをくわえるのじゃ」

と、孫兵衛は自慢げに言った。

「ふふ、父の情けじゃ。この味だけは、誰にもまねされぬ自信がある」

「なるほど、父の情けですか。それは存じあげませんでした」

猪口に酒を注いでやると、孫兵衛は美味そうに酒を呷った。

鐵太郎のおかげで、すっかり元気を取りもどしてくれたようだ。

蔵人介は安堵したので、おようの帰りを待たずに暇(いとま)することにした。

「蕗味噌を食べていかぬのか」

「すぐにまた、まいります。楽しみにとっておきたいのですよ」

「さようか、なれば、待っておるぞ」

不満げな串部の首根っこを摑まえ、見世から外へ出た。

ちらちらと、白いものが落ちてくる。

「雪解けまでには、まだ遠いか」

蔵人介はつぶやき、恨めしげに空を見上げた。

四

正月三日は老中たちが奉書などに花押を記す御判始、水野忠邦を筆頭とした幕閣のお歴々はきりっとした面持ちになる。

中奥の御膳所では、藁縄で結んだ二匹の乾鯛をへっついのうえに吊す。これは掛鯛という正月の風習だが、ほかにも食積と称して三方に饗応の食べ物を堆く積むようなこともする。生米、勝栗、梅干、蜜柑、乾柿、昆布、山橘、橙、伊勢海老などに裏白や小松を添え、できるだけ豪華に盛りつけるのだ。

暮れ六つ、大手御門と桜田御門には篝火が焚かれ、諸大名が静々と登城してくる。

本丸の大広間にて、御謡初めがおこなわれるからだ。
観世、宝生、喜多、金春の四座に属する能太夫が大広間の板縁に座し、老松、東北、高砂の三番を謡う。「四海波静かにて国も治まる時津風」といった謡を聞きながら、しばし幽玄の闇に浸る。

このときばかりは蔵人介も役目を離れ、大広間の末席に人知れず忍んだ。横並びに座った公方家慶と大御所家斉を遠目から拝謁し、大御台茂姫のすがたも目に留めたのである。

御謡初めが終わると、諸大名は身に纏った肩衣を脱いで能太夫に賜った。肩衣の無いすがたで退出するのが嘉例とされ、家慶は諸大名に先駆けて肩衣を脱いだものの、家斉は脱がずに退出していった。

諸侯諸役人もすべて居なくなったあと、蔵人介は閑散とした能舞台をみつめた。一匹の狐が下りたち、妖艶な舞いを披露したやにみえたが、それは目の錯覚にほかならない。

城内で淡々と役目をこなしつつも、神楽坂上の『まんさく』で中村勝之進という老いた侍の漏らした台詞が耳から離れなかった。

――ほう、そなたがあのときの……。

孫兵衛の上役だった元天守番之頭は、蔵人介のことを知っていた。

あのときとは、いつなのか。

いったい、いつの自分を知っているのだろう。

中村の台詞に慌てた孫兵衛の仕草も気になる。

そもそも、久方ぶりに再会した者同士ならば、もっと懐かしがってもよさそうなものだが、ふたりのあいだには何やら、どんよりとした空気が流れていた。

不吉な予感すら抱いたので、翌日の役目明け、蔵人介は中村を訪ねてみることに決めた。

余計な心配を掛けたくないので、孫兵衛には内緒だ。

登城する必要もない小役人たちが「御慶、御慶」と叫びながら年始廻りに精を出すなか、蔵人介は御徒町へ足を向けた。

姓名と役職さえわかれば、武鑑などを繰って旗本の所在を調べるのは難しくない。

四百俵取りの天守番之頭に任じられていた旗本の拝領屋敷は、蔵人介の自邸とさほど変わらぬ古びた平屋だった。

「お頼み申します」

冠木門を潜り、飛び石を伝って玄関へ向かう。

雪解けの庭には南天(なんてん)が実をつけ、枇杷(びわ)の香りが漂ってくる。

きれいに刈りこまれた垣根から向こうを覗けば、細長い台が何本もしつらえられ、松や梅や寒牡丹などの鉢物が所狭しと並んでいた。

目に浮かんできたのは、盆栽や鉢植えを趣味にして余生をおくる隠居のすがただ。

それにしても、静かすぎる。

誰もいないのだろうか。

耳を澄ましても、人の気配を感じられない。

あきらめて戻りかけると、冠木門の端から誰かが覗いている。

しょぼくれた白髪頭の侍だ。

皺顔に愛想笑いを浮かべ、何か喋りたそうにしている。

「中村どののご養子かね」

「いいえ、ちがいますが」

「されば、お客人か」

「はい」

「直参かね」

たてつづけに問われ、面食らいながらも、蔵人介は丁寧に応じた。

「本丸御膳奉行の矢背蔵人介と申します」

「おう、さようか。御膳奉行なら、御役料は二百俵じゃな。わしは三十有余年、四百俵取りの富士見御宝蔵番之頭をつとめておった」

老人は自慢げに胸を張る。

「名は志賀源助、隣に住んでおる隠居じゃよ」

「あっ、さようですか」

「中村どのはおらぬ。誰かに呼ばれて会いにいかれたのじゃ。賄いの婆さんも葛西村に帰ったゆえ、家には誰もおらぬぞ」

「なるほど、ご親切にどうも」

志賀老人は探るような眼差しを向ける。

「御膳奉行のおぬしが、中村どのに何の用じゃ。もしや、あれか。あっちの御用か」

「あっちの御用とは」

蔵人介が首をかしげると、志賀老人は歯のない口で笑った。

「むふふ、隠そうとしても無駄じゃ。わしは何でも知っておる。おぬし、お城から密命を携えてきたのじゃろう」

「いったい、何を仰っているのか、さっぱりわかりませぬな」

「あくまでも白を切ると申すか。わかっておるのだぞ、中村どのは上様にお仕えする御庭番であった。小十人格御庭番から西ノ丸表御台所頭を経て、御天守番之頭へ出世を遂げたのじゃ。おぬしも、あれなんじゃろう。表向きは御膳奉行をつとめながら、裏では隠密働きをやらされておるのじゃろう」

隠居のはなしに乗ってみる価値はあるかもしれないと、蔵人介は咄嗟に判断した。

「志賀さま、それ以上のご詮索は命取りになりますぞ」

「おっと、そうきたか。わしをみくびるでない。いざとなれば、家宝の槍をしごいてみせるゆえな」

「お待ちくだされ。そこまで仰るなら、お尋ねしましょう。何故、中村さまのことを、それほどご存じなのですか」

「御天守番になってからも、家を留守にすることが多かったからさ。賄いの婆さまに問うたところ、その都度、お役目で長旅に出ていると申すゆえ、妙だとおもったのじゃ。だいいち、御天守を守るべき者が長旅を許されるか。それゆえ、あらゆる伝手を使って調べたのよ。そうしたら、御庭番であったことがわかった。ははん、御天守番之頭は仮のお姿で、じつは隠密御用にいそしんでおられるのだと、わしは合点したのさ」

「ご本人にはそのことを」

「何度も糾した。されど、はぐらかされるばかりでな。わしは中村どのの尻尾を摑もうと、五年前のことを調べてみた」

「五年前のこと」

「そうじゃ。中村どのは今から五年前、ふいに隠居なされた。遠方にご養子がおるので家名は存続できると仰ったが、わしはこの目でご養子をみたことがない。ご養子どころか、ご妻女やご親族に会うたこともないのじゃ。妙であろう。されど、隠密働きをしておられたお方ならば、さもありなんと合点した。家族を持つことも許されず、お役目に身を投じねばならぬ。そうおもったらわしは、中村どののことが可哀相でたまらぬようになってな」

何故か、志賀老人は感極まってしまう。

蔵人介は、はなしのつづきを待った。

老人は鼻水を啜り、また喋りだす。

「ともあれ、中村どのはお役目に支障をきたして隠居させられたのではないかと、わしは推察した。それでな、何があったのか調べてみたのじゃ」

「何か、わかりましたか」

「賄いの婆さんによれば、中村どのは隠居なさる直前、ひと月ほど越後のほうへ旅に出られておったらしい。天保六年の霜月から師走にかけてのことじゃ。そのとき、越後で何があったのか、調べるとすればそれは越後長岡藩牧野家の備忘録であろうと、わしはあたりをつけた。藩主の牧野備前守忠雅さまは翌年から寺社奉行になられたゆえ、お国許で勃こった出来事の詮議にも携わっておいでに相違ない。と、そう踏んでな。たまさか、牧野家に知りあいがおったゆえ、その者に頼んで備忘録の写しをみせてもろうたのじゃ」

滔々とはなす志賀老人は、ふっと口を噤んだ。

瞳に疑いの色が浮かぶ。

「これは家の者にも喋っておらぬことじゃ。はたして、おぬしにはなしてよいものかどうか。すまぬが、今一度お役目とお名を教えてもらえぬか」

「えっ」

忘れてしまったのだとしたら、惚けがかなりすすんでいると言うしかない。

困った顔をする志賀老人に笑いかけ、蔵人介はもう一度役名と姓名を告げた。

「おう、そうか。して、どこまではなしたかな」

「牧野さまのご家来から、五年前の霜月から師走にかけての備忘録をみせてもらったと仰いました。そこには、どのような記載がなされておったのでしょうか」

「忘れた。すっかりな」

志賀老人の眸子から、ふっと光が消えた。

隣家から、嫁らしきおなごが飛びだしてくる。

「お義父さま、そんなところで何をなさっておいでです」

嫁は足早に近づき、こちらにお辞儀をすると、志賀老人の痩せた肩を抱いて連れていく。

肝心なことはわからなかったが、重要なはなしを聞くことはできた。

蔵人介は、唐突にあらわれた隣人に感謝した。

五

翌夕、ふたたび御徒町の旗本屋敷を訪ねてみると、中村勝之進は冷たくなって帰っていた。

「今朝早く、三味線(しゃみせん)堀の橋下にぷっかり浮かんでおったのじゃ」

玄関口で囁きかけてきたのは、隣に住む志賀老人である。

「知りあいが釣り糸を垂れておってな。たまさか、無残なほとけをみつけたのじゃ」

隣家から嫁があらわれ、嫌がる志賀老人を連れていってしまう。

蔵人介は途方に暮れながらも、履き物を脱いで廊下にあがった。

抹香臭い仏間を訪ねてみると、賄い婆のほかに弔問客はおらず、線香の煙が頼りなげに揺れている。

遺体はきれいに拭かれ、白い帷子を着せられていた。

蔵人介は枕元に膝を寄せ、さり気なく金瘡を調べてみる。

袈裟懸けの一刀だった。

傷は骨に達するほど深く、即死であったことがわかる。

「旦那さまは、びっくりするほどのお手当をくださいました」

賄い婆が俯いたまま、こちらをみずに喋りだす。

「もしやとおもって来てみたら、こんなことになって……う、うう」

嗚咽を漏らす老婆を慰める手だてはない。

蔵人介は頭を垂れて祈りを捧げ、早々に仏間から出た。

庭に目をやれば、見知らぬ隠居が寒牡丹の鉢植えを盗もうとしている。

注意を促す気にもならず、冠木門から外へ逃れた。

夕暮れの空は鬱々として、雲が低く垂れこめている。

蔵人介は溜息を吐き、遺体のみつかった三味線堀へ足を向けてみた。

寒風の吹きぬける武家屋敷の辻裏を、三味線を抱えた鳥追の母娘が歩いている。

母娘の背中を追うように辻をいくつか曲がると、大きな大名屋敷がみえてきた。

門松の代わりに人を立てる「佐竹の人飾り」で有名な秋田藩二十万五千八百石、佐竹右京大夫義厚の上屋敷だ。さらに、上屋敷の海鼠塀を左手に眺めつつ、向柳原からつづく大路を横切れば、三味線堀の南西角へたどりつく。

蔵人介は轉軫橋を渡りながら、凍てつく水面を見下ろした。

釣り人の人影が、ちらほらみえる。

狙いは寒鮒であろうか。

甘露煮にして食べると美味いが、今時分は泥中に隠れているので釣るのが難しい。

志賀老人によれば、中村勝之進の遺体は橋下にぷっかり浮かんでいたという。

三味線堀の橋は轉軫橋しかない。

屍骸が水面に浮かんでいたとすれば、橋の上で斬られたか、あるいは、別の場所から運ばれて橋から落とされたか、どちらかの公算が大きい。いずれにしろ、橋を丹念に調べれば、何らかの痕跡をみつけられるとおもった。

「あった」

まんなかに近い欄干の周囲に、血痕が付着している。

ほとんどは雨で流されたようだが、血痕の散った様子から推すと、ここで斬られたのはまちがいなかった。

昨夜は丑ノ刻に雨が降り、明け六つにはあがった。

明るいうちなら釣り人が気づいたはずなので、昨夜、雨が降りだすまえに斬られたものと推察できる。

蔵人介は踵を返し、近くの辻番所を訪ねてみた。

すると、三軒目に訪ねた辻番の親爺が、子ノ刻を過ぎたころに妙な叫びを聞いたと教えてくれた。

「ちぇええいって感じの雄叫びでしてね」

薩摩示現流の遣い手が発する猿叫にまちがいあるまい。

頭に浮かんだのは、内桜田御門の馬場先で百姓が首を刎ねられた凄惨な光景だ。

中村勝之進は、薩摩の刺客に斬られたのであろうか。

たしかに、あれほど深い袈裟懸けの一刀は、示現流の手練でなければ容易には繰りだせぬ。

「何故に」

志賀老人によれば、中村は誰かに呼ばれて会いにいったという。

蔵人介は轉軫橋に取って返し、橋を渡って堀沿いに歩きはじめた。

左手に延びる堀端には、堂々たる門構えの武家屋敷が並んでいる。

奥のほうから、うらなり顔の侍がひとり、ゆっくり近づいてきた。

「ん、あれは」

城内で目にした顔だ。

——神園半太夫。

郡上院伊予守から御庭番の束ねを任される人物にまちがいない。

神園は殺気を帯びて近づき、蔵人介の面前で足を止めた。

「鬼役、矢背蔵人介か。何故、おぬしがここにおる」

「いささか存じよりの者が、今朝ほど三味線堀に浮かびましてな」

「何だと。おぬし、斬られたあの者と知りあいなのか」

「斬られたあの者と仰いましたな。神園さまは、中村勝之進をご存じなのですか」

神園はぐっとことばに詰まり、苦しい言い訳をしはじめる。

「今朝の騒ぎで知ったのだ。わしの屋敷は堀端にある。堀から屍骸が引きあげられる様子を、この目でみたのだわ」

「なるほど、さようにございましたか。いやはや、驚きましたな。これほどの奇遇があろうとは」

「奇遇とは、どういうことだ」

神園は身構え、疑いの眸子で睨みつけてくる。

蔵人介は、おもったことを隠さずに述べた。

「橋の欄干に血が飛びちっておりました。中村さまはおそらく、轉軫橋のうえで斬られたにちがいない。しかも昨夜遅く、子ノ刻を過ぎた頃かと。御徒町の御屋敷へ帰る途中であったとすれば、橋のこちら側に御屋敷のある誰かを訪ねたあとだったとも考えられます」

「おぬしまさか、わしを疑っておるのか」

「いいえ。橋向こうの辻番が、子ノ刻過ぎに妙な叫び声を聞いておりました。あきらかに、それは薩摩示現流の遣い手が発する猿叫にござります」

「猿叫だと。わしは聞いておらぬぞ」

「夜まわりの辻番ゆえ、聞こえたのでござりましょう」

「ふうむ」

神園はしばらく考えていたが、厳しい目で睨みつけてきた。

「おぬしの申す中村勝之進とは、いったい何者なのだ」

白々しい感じもしたが、蔵人介は応じてやった。

「御天守番之頭をつとめておられた元幕臣にござります」

「おぬしとは、どういう関わりだ」

「釣りの師匠にござるよ」

咄嗟に、蔵人介は嘘を吐いた。

実父との関わりを詮索されたくなかったからだ。

「と、申しましても、知りあったのはほんの数日前で、この三味線堀で寒鮒釣りを教わりました」

「寒鮒とな」

「はい。この時期になりますと、寒鮒の甘露煮がどうしても食べたくなり、ぴんと張りつめた寒気のなかで釣り糸を垂れるのでござる」

「ふふ、わしも寒鮒の甘露煮は好物じゃ」

「それはそれは、お仲間にござりますな」

わずかに打ち解けたおかげで、別れるきっかけをみつけられた。

「それでは、拙者はこれにて」

「ふむ」

橋のほうへ戻りかけると、すかさず、呼びとめられた。

「待て」

振りむけば、神園が不敵な笑みを浮かべている。

「矢背よ、おぬしにひとつだけ忠告しておく」

「何でしょう」

「鬼役風情が余計なことに首を突っこむでない。そのことを肝に銘じておけ」

蔵人介は表情も変えず、軽くお辞儀をして背を向けた。

やはり、中村は神園に呼ばれて会ったのだと確信した。

そして、轉軫橋を渡って帰る途中、薩摩示現流の刺客に斬られたのだ。

あきらかに、刺客は待ちぶせをしていた。

中村を見張っていたのか、それとも、あらかじめ中村があらわれるのを知っていたのか、どちらかだろう。

不吉な予感が胸を過ぎった。

中村が神園に呼ばれたのは、御庭番の密命に関わることにちがいない。

そのせいで命を落としたとすれば、三日前に『まんさく』へやってきた理由を問うてみたくなる。

あのときの様子から推すと、孫兵衛はあきらかに中村の素姓を知っていた。

御庭番の密命を帯びていると知っていたから、ふたりのあいだにはどんよりとした空気が流れていたのだ。

――ほう、そなたがあのときの……。

中村の漏らした台詞が耳に蘇ってくる。

ひょっとしたら、孫兵衛も隠密御用に携わっていたのではあるまいか。

胸に抱いた疑念を、蔵人介は必死に打ち消そうとした。

六

千代田城内、深更。

御膳所裏の厠に、公人朝夕人の気配が立った。

「ご依頼の件、お調べいたしましたぞ」

白壁の隙間から、声だけが聞こえてくる。

「五年前の天保六年霜月、難破船のものとおぼしき残骸が越後幕領内の浜辺に打ちあげられました。当初は陸奥から西国へ向かっていた北前船と目されたものの、船板の形状などから薩摩藩所有の藩船と判明いたしました」

「なにっ、薩摩藩の」

「しかも、荷箱には清国の商人が使用する龍の焼き印が見受けられたとか。まちがいなく、薩摩藩の抜荷船にござります。慌てふためいた幕領代官の上申を受け、江戸表から御庭番二名が越後へ向かうこととなりました」

この件については『越後海浜筋一件』なる御庭番の風聞書が存在し、当時の御側御用取次を経て公方家斉に上申されたことはわかっている。ところが、風聞書は慣例どおりに御庭番の名を消して老中に下げわたされることもなく、どこを探してもみあたらないと、伝右衛門は告げた。

「抜荷船の発覚から数年後、荷主であった大坂の商人と水夫たちが抜荷に関わったとして罰せられました」

裏事情を知っていたせいか、寺社奉行の越後長岡藩主牧野備前守は評定を欠席し、評定の経過を綴った書面には薩摩のさの字もみあたらなかった。

「薩摩の抜荷は、黙認されたのでございます」

島津家から嫁した茂姫の意向を公方家斉が汲んだからというのは、あながちうがった見方でもあるまい。御庭番のしたためた風聞書には、薩摩藩の抜荷への関与が詳細に記されていたはずだ。それゆえ、家斉の指図で廃棄されたのだろうと、蔵人介は憶測をめぐらした。

「越後に遣わされた二名の御庭番、名はわかっております」

と、闇の声はつづける。

「ひとりは倉地誠左衛門、この者は越後から戻ってすぐに病死しております。そしてもうひとりは、鬼役どののおみたてどおり、中村勝之進にございました」

「さようか」

「中村勝之進を斬った刺客は、猿叫を発したと仰いましたな。まちがいなく、薩摩示現流か薬丸自顕流の手合いにござりましょう」

中村は天守番之頭に就きつつも、裏では御庭番として遠国御用を帯びていた。倉地とともに越後で抜荷の実態を摑み、詳細を風聞書にまとめたのだ。ところが、風聞書は公方家斉に握りつぶされた。

中村がどう感じたのかは想像すべくもないが、隠居を決めたのは越後への遠国御用を終えた直後のことであった。

「されど、のんびりと余生を過ごすことは許されなかった。とどのつまり、命を落としたのですからな」

中村は秘かに、抜荷の実態を記す風聞書の写しを隠し持っていたのかもしれない。薩摩藩の抜荷を証明したい者たちが、写しがあることを嗅ぎつけたのだ。抜荷は天下の御法度、表沙汰になれば薩摩藩といえども減封か、下手をすれば改易も免れない。

どちらにせよ、茂姫やひいては家斉の権威を失墜させる好材料にはなる。

「大御台様となられた茂姫さまはこのところ、御世嗣(ごせいし)の御簾中(ごれんじゅう)に薩摩のおなごを迎えよと、しきりに本丸大奥へはたらきかけております」

「それは初耳だな。御世嗣の御簾中と申せば、関白(かんぱく)の鷹司(たかつかさ)家からお迎えした任子(あつこ)さまがおられるではないか」

「公家の娘は脆弱(ぜいじゃく)ゆえ、子ができぬ公算は大きい。子どころか、いつなんどき病床に臥さぬともかぎらぬ。薩摩のおなごは頑健(がんけん)ゆえ、いざというときのために迎える用意をしておけと、茂姫は薩摩から嫁いできたみずからの境遇になぞらえて、陰に陽に説いておられるとか」

本丸大奥の仕切りを任された姉小路も黙ってはいない。「口出し無用」と激昂し、さっそく、公方家慶に事の次第を訴えたらしかった。

蔵人介は、ふと、中奥の談部屋で立ち聞きした郡上院伊予守の台詞をおもいだした。

——島津のことは捨ておけぬ。

と漏らした家慶の念頭には、姉小路の訴えもあったのだろう。

いずれにしろ、西ノ丸に君臨する大御所家斉と大御台茂姫が、公方が政事をすめるうえで目の上のたんこぶになっていることはあきらかだ。ふたりの力を殺ぐために大掛かりな謀事を講じる者があるとすれば、家慶をおいてほかには考えられない。

家慶の存念は郡上院伊予守を経て神園半太夫に伝わり、神園は「薩摩潰し」の切り札を摑もうとしたのかもしれない。抜荷船の探索に関わった中村を捜しあて、風聞書の写しを手に入れようと企図したのだ。

伝右衛門は、内桜田御門の下馬先で奄美大島の百姓が駕籠訴をおこなったことにも触れた。水野越前守が駕籠を止めさせたのも「薩摩潰し」の一環にちがいないという。

「あらかじめ、どなたかに訴状を受けとるように指示されていたのでござる」

老中首座に指示できる者がいるとすれば、それは公方家慶しかいない。

伝右衛門の声が問うてくる。

「中村勝之進を呼びつけたのは、新たに御庭番支配となる神園半太夫さまではないかと仰いましたな」

「ふむ」

「神園さまは、郡上院伊予守さまのご推挙で同役に任じられるはこびとなりました。ただし、鞍馬八流の遣い手という以外、素姓は謎に包まれております。差配を受けねばならぬ御庭番のなかにも不満が燻っておるようで」

無理もない。公方直々の奔命を帯びる者たちは、矜持をもって命懸けの任にあたっている。素姓の知れぬ者の指図など、受けたくないのが本音だろう。

中村は嫌々ながらも、神園の命にしたがわねばならなかった。

薩摩の抜荷に関する風聞書の写しを要求され、手渡したにちがいない。

そして、神園の屋敷から帰る途中、轉軫橋で待ちかまえていた薩摩の刺客に斬られたのだ。

「よくよく考えてみれば、妙なはなしにござります」

伝右衛門にしてはめずらしく、疑念を口にする。

「薩摩の刺客はどうやって、中村勝之進のことを知り得たのでござりましょうか」

中村は隠密御用に携わっていたとはいえ、表向きは隠居して久しかった。『越後海浜筋一件』の風聞書を綴った御庭番だと知ることすら、難しかったのではあるまいか。そもそも、風聞書の存在を薩摩の連中が知っていたかどうかも疑わしい。

にもかかわらず、中村は斬られた。

しかも、神園に会った帰り道を狙われたのだ。

「何が言いたい」

蔵人介が逆しまに問うても、伝右衛門は黙ったままでいる。

「まさか、神園半太夫が手引きをした。薩摩と裏で通じているとでも言いたいのか」

風聞書の写しさえ手にできれば、もはや、中村に用はない。

それゆえ、神園は薩摩の刺客を使って口封じをやらせた。

「ふうむ」

そう考えれば、辻褄（つじつま）は合う。

神園は薩摩を潰すのではなく、生かそうとしているのではあるまいか。

薩摩に不利な証拠をことごとく、揉みけすつもりなのかもしれない。

だとすれば、命じられたことに反している。

公方家慶への背信にほかならない。

後ろ盾となる郡上院も、裏切りに加担しているのだろうか。

何故に。

蔵人介は、みずからに問いかけてみる。

家慶の策謀に抗うべく、家斉や茂姫の命を秘かに帯びているのだろうか。

いや、それはあるまい。

おそらく、金だ。

大義ではなく、利で動いているのだ。

「もしや、郡上院さまや神園半太夫を性根（しょうね）の腐った奸臣どもと、鬼役どのはお思いなのではござらぬか」

闇の声は、蔵人介の心情を見透かすようにつづける。

「なるほど、薩摩藩に取り入って、甘い汁を吸おうとしているのやもしれませぬな。かりにそうであるとすれば、指をくわえて眺めているわけにもいきますまい」

無論、許すわけにはいかぬが、今のところ証拠はひとつもなかった。

「わしを煽ってどうする」

蔵人介は冷静さを取りもどす。

闇の声はそれ以上、喋りかけてこない。

ふと、仏間に蹲る賄い婆のすがたが浮かんできた。

賄い婆は「びっくりするほどの手当」を貰っていた。

中村は、みずからの死を予感していたのかもしれない。

実父孫兵衛の不安げな顔が、ふっと脳裏を過ぎった。

中村勝之進は死を予感していたにもかかわらず、わざわざ、孫兵衛のもとを訪ねてきたのだ。もしかしたら、何か重要なことを伝えにきたのかもしれない。あるいは、何かたいせつなものを預けたのかもしれなかった。

すでに、公人朝夕人の気配は消えている。

蔵人介は一刻も早く、父のもとを訪ねたくなった。

七

翌六日、宿直（とのい）明けに『まんさく』へ足を向けたところ、孫兵衛はいつもどおりに包丁を握り、常連客たちに自慢の料理を振るまっていた。

「餅にも飽いたであろう。軍鶏（しゃも）鍋を仕込んだゆえ、食べていかぬか」

「それはありがたい。相伴（しょうばん）に与（あずか）りましょう」

どうやら、中村勝之進の死は知らぬらしい。

伝えるべきかどうか迷ったが、蔵人介は言いだせなかった。

孫兵衛の悲しい顔はみたくなかったし、伝えれば面倒事に巻きこんでしまうかもしれないという予感がはたらいた。

「鐵太郎の文はまだか」

と催促され、蔵人介は笑ってこたえる。

「先日、おみせしたばかりですよ」

「ふふ、そうであったな」

孫兵衛は微笑んだが、何故か、その顔は泣いているようにもみえた。

「父上」

「ん、いかがした」

「何かお悩みのことがござれば、包み隠さずおはなしくださぃ」

蔵人介が真剣な顔を向けると、孫兵衛は一瞬黙ったあとに笑いとばした。

「ぬはは、わけのわからぬことを抜かしよる。わしなんぞのことより、おのれのことを案ずるがよい。跡継ぎのことじゃ。卯三郎を立派な鬼役に育てよ。けっして、甘やかしてはならぬぞ。厳しさこそが優しさなのじゃ。ふっ、すまぬ。偉そうなことを言うてしもうたな。父親とは難しいものよ。いつまでたっても子離れができぬ。おそらくは死ぬまで、できぬのであろうな」

その夜、孫兵衛は饒舌だった。

ことばのひとつひとつが、下り物の燗酒のごとく、臓腑に滲みこんだ。

夜も更けたころ、蔵人介は『まんさく』を出て、その足で三味線堀へ向かった。

寒風の吹くなかを半刻余りも歩いてたどりつくと、轉軫橋の向こうから蟹のような人影がやってきた。

串部である。

「今のところ、動きはありませぬな」

「さようか、すまぬ」

昨夜から、神園に張りこませているのだ。

狐の尻尾を摑むには、そうする以外に方法はない。

「ほれ、温石(おんじゃく)代わりに使ってくれ」

蔵人介が差しだしたのは、辻番所で買った焼き芋だ。

串部は途端に顔をほころばせ、焼き芋を両袖で抱えた。

「何よりの差入れにござります」

踵を返す従者の背中が、暗闇に溶けていった。


狐に動きがあったのはそれから二日後、松明けの晩であった。

夜も更けたころ、蔵人介は焼き芋を携え、轉軫橋までやってきた。

ちょうどそのとき、串部が押っ取り刀であらわれたのだ。

「的が家を出ましてござる。おそらく、新堀から舟に乗るつもりかと」

「よし、さきまわりして、こちらも舟を仕立てよう」

串部の予想どおり、神園はすぐそばの新堀から小舟に乗った。

船頭はふたりだ。あらかじめ、申しあわせていたのだろう。

こちらも運良く、渡しの小舟を仕立てることができた。

居眠りしていた船頭を起こし、強引に棹を握らせた。

「あの艫灯りを追ってくれ」

「へえい」

老いた船頭は欠伸を噛みころし、のんびりと棹を操った。

やがて、神園を乗せた舟が大川に滑りだすと、ぐんぐん引きはなされ、何度となく艫灯りを見失った。

二艘の小舟は石川島の脇を通りぬけ、針路を南に取った。

江戸湾へ飛びだしてからは、縄手に沿って漕ぎすすむ。

正面から吹きつける風に身を切られた。

「うう、寒っ」

串部が文句を垂れる。

「焼き芋はすでに腹のなか、本物の温石が欲しゅうござります」

「贅沢を抜かすな。ほれ、艫灯りがまた消えかかっておるぞ」

小舟を操る老人は、長々と洟を垂らした。

「串部、おぬしも櫂を握らぬか」

蔵人介も櫂を握り、力強く海面をかいた。

しばらくすると、艫灯りが近づいてくる。

「よし、このまま追うぞ」

浜御殿を尻目にし、会津藩の広大な下屋敷を通過したところだ。

どんと、横波が舷にぶつかっては砕けちる。

真っ暗な砂浜がつづき、右手奥に鹿島神社の灯籠がみえてきた。

灯籠のさきには、篝火が赤々と燃えている。

「桟橋があるぞ」

神園を乗せた小舟は、篝火のほうへ舳先を向けた。

蔵人介たちは篝火の手前で浜に近づき、浅瀬へ乗りあげる。

桟橋は見当たらないので、海に飛びこまねばならない。

串部は爪先を海面に浸し、つっと引っこめる。

「冷たすぎるのでござる」

弱音を吐いたそばから、蔵人介に蹴落とされた。

「南無三」

串部は頭から海に落ち、必死にもがく。

蔵人介も船端から飛びおり、凍えるような海に腰まで浸かった。

「気張んなせえよ」

船頭の濁声だけを残し、小舟は徐々に離れていった。

どうにか岸辺にたどりつき、ぶるぶる震えながら流木を集めだす。

火をおこして焚き火をつくり、ふたりは褌一丁で火にあたった。

人心地がついたところで、串部が喋りかけてくる。

「殿、篝火の向こうにみえる影は何でござりましょう」

「薩摩藩の蔵屋敷だな」

「えっ、御庭番の元締めになろうという人物が、何故、薩摩の蔵屋敷なんぞに」

「裏で通じておるのさ」

「くそっ、許せぬな」

「まだ、そうときまったわけではない。証拠を掴まねばならぬ」

火を消して半乾きの着物を纏い、ふたりは篝火をめざして歩いた。

蔵屋敷は何棟か並んでおり、奥のほうに番所らしき建物が見受けられ、そこだけ灯りが点っている。

神園は舟から降り、あの番所に向かったのだろうか。

薩摩藩の誰と会っているのかを知りたかった。

串部が蔵屋敷の戸口で手招きをしている。

「開いておりますぞ」

忍びこんでみた。

真っ暗で、一寸先もみえない。

串部が龕灯(がんどう)を点けた。

淡い光の輪ができる。

がらんとしたなかに、木箱が堆(うずたか)く積まれていた。

串部は身を寄せ、龕灯で隈(くま)無く照らしだす。

「殿、箱が濡れておりますぞ」

どうやら、運びこまれたばかりのようだ。

「これをご覧ください」

木箱には、龍の焼き印が捺されている。

「清国の商人(あきゅうど)が扱う荷のようだな」

荷箱の羽目板を一枚外し、中身を調べてみた。

「うっ、この臭い。薬種でござるな」

「ふむ」

抜荷の品であることは、あきらかだ。

と、そのとき。

戸口のあたりで、がさっと音がした。

龕灯を消し、柄に手を添えて身構える。

戸口の隙間から、何者かが逃れていった。

人影を追いかけ、ふたりも外へ飛びだす。

刹那、番所のほうから龕灯の光が投げかけられた。

「誰かおるぞ」

見張りが叫ぶ。

周囲が騒々しくなった。

番所のほうから、弓を担いだ侍たちが飛びだしてくる。

「逃げろ」

蔵人介と串部は、浜辺に向かって駆けだした。

——びゅん、びゅん。

弦を引く音が聞こえ、頭上に矢が降ってくる。

「逃がすな。追え、追え」

見張りの連中が声を張りあげ、必死の形相で追ってきた。

山なりに襲ってくる矢が、足許に突きささる。

恨めしいことに、群雲(むらくも)の狭間から月が顔を出していた。

砂に足を取られ、おもうように進まない。

追っ手は数を増やしている。

——ずどん。

火縄の爆(は)ぜた音も聞こえた。

弓矢ばかりか、鉄砲まで持ちだしてきたのだ。

「殿、戻って一戦交えましょう」

串部が足を止め、荒い息を吐きかける。

そのとき、叫び声が聞こえてきた。

「おうい、おうい」

前方の波打ち際に、松明が揺れている。

「こっちだ、こっち」

誰かが手を振っていた。

敵か味方かもわからぬが、背に腹は替えられない。

「串部、まいるぞ」

「はっ」

闇をつんざく矢箭(やせん)と鉛弾(なまりだま)を避け、ふたりは松明をめがけて駆けだした。

八

蔵人介と串部は船上の人となり、浜辺に沿って北へ漕ぎすすんだ。

助けてくれたのは蔵屋敷で目にした人物で、名は倉地誠四郎(せいしろう)という。

まだ若い。三十の手前であろう。

「何故、わしらを助けてくれたのだ」

蔵人介の問いに、倉地は艪(ろ)を押しながら平然とこたえた。

「ここ数日、従者の方が神園半太夫を見張っておられたでしょう。それがしと同じ目途ではないかと察しましてね」

倉地に見張られていたと知り、串部は頭を掻いた。

「まったく、気づきませせなんだな」

蔵人介は弾ける波飛沫(しぶき)を避け、艫の倉地に目を向ける。

「同じ目途とは何だ」

「神園半太夫の正体をあきらかにし、御庭番の差配役から引きずりおろすことにござるよ」

「もしやおぬし、御庭番か」

「五年前までは御庭番の端くれだったものの、父が勝手に腹を切って改易となってからは浪人をしております」

蔵人介は、ぴんときた。

「五年前というと、越後幕領内で薩摩の抜荷船がみつかった年だな」

「よくご存じで。そのとき、探索におもむいたのはそれがしの父、倉地誠左衛門にござります」

おもったとおりだ。公人朝夕人の伝右衛門から「倉地」という姓を聞いたような気がしていた。

「そなたの父は病死ではなく、腹を切られたのか」

「家斉公は、父が上申した風聞書をお取りあげになりませんでした。反骨漢の父は我慢できず、諫言のつもりで腹を切ったのでござります。それを不届きとされ、家は改易となりました。父はお役目を全うしようとして、かえってそれが仇となり、公儀から見捨てられたのです」

口惜しげに吐きすて、倉地は力任せに艪を押した。

蔵人介が睨みつける。

「元御庭番なら、わしの素姓も調べ済みであろうな」

「上様のお毒味役、矢背蔵人介さまであられますな。お父上は、元御天守番の叶孫兵衛さま」

「父のことまで調べておったか」

「いいえ、お父上のことは、中村勝之進さまからお聞きしました」

「やはり、中村さまとは知りあいであったか」

「父の親しき友であり、それがしにとっては父親代わりにござります。何でも相談に乗っていただき、探索のいろはも教わりました。それが、あんなことになってしまい……中村さまを亡き者にした刺客が誰かは、わかっております」

「何だと」

串部と顔を見合わせて驚くと、倉地は怒りがさめやらぬ顔で言った。

「お教えしましょう。刺客の名は都城重三郎、阿久津刑部と申す薩摩藩勘定奉行の子飼いにござります。藩内屈指と評される示現流の遣い手で、藩士たちからは『死神』と呼ばれております」

相手も時も場所も選ばず、三尺近くの剛刀を平気で抜きはなつ。

内桜田御門の下馬先で奄美大島の百姓が首を刎ねられたのも、都城重三郎の仕業らしかった。

「都城は百姓の首を刎ねた件でも、いっさいお咎めを受けませんでした。阿久津刑部の威光です。阿久津は家老調所笑左衛門のもとで抜荷を推進する中心人物にほかならず、汚れ役を担うことで信用を築いてまいりました」

猜疑心のかたまりのような性分のため、藩内では腫れ物としてあつかわれているという。

「神園は阿久津と裏で通じていると、それがしは踏んでおります。ともあれ、中村さまを斬った者も、斬らせた者も、けっして許しませぬ。かならずや、この手で仇を討つと胸に誓いました」

「助っ人させてもらおう」

「お願いいたします」

蔵人介の申し出に、倉地は頭を垂れた。

「ところで、中村さまはわしの父を何と申しておったのだろうな」

「信頼のおける配下だと仰いました」

「配下か」

たしかに、天守番という役目のうえでは上役と配下の関わりになる。が、それは隠密御用における上下の関わりを意味するのではあるまいか。

倉地はしかし、中村と孫兵衛の経緯については何も知らないようだった。

蔵人介は問いを変えた。

「おぬしの父と中村さまは『越後海浜筋一件』なる風聞書をしたためた。そのことは存じておるな」

「存じております。風聞書のせいで、父は腹を切ったのです」

「風聞書の写しがあったことは」

「中村さまからお聞きしました。写し一通を隠し持っておられると。おそらく、神園はその写しを所望したのでござりましょう」

「何故だとおもう。中村さまは何故、唯々諾々(いいだくだく)として命にしたがったのか、何か言われておらなんだか」

「残念ながら、何も。中村さまが神園に呼ばれて会いにいったことさえ、それがしは存じあげませんでした」

倉地に迷惑を掛けたくなかったからだ。

やはり、中村は死を予感していたにちがいない。

「ただし、薩摩の抜荷のからくりについては、いろいろと教えていただきました」

「からくりとは、どのような」

「中村さまは越後へおもむかれ、父とともに難破した薩摩の藩船を子細にお調べになりました。荷の中身は主に二種類あり、清国商人のものとおぼしき荷箱には貴重な薬種が詰めこまれてあったそうです。そしてもうひとつ、薩摩のものとおぼしき荷箱からは昆布がみつかりました」

「昆布か」

「はい。薩摩の抜荷に昆布が使われることは、以前からそれがしも小耳に挟んでおりました。清国では俵物（たわらもの）が重宝（ちょうほう）がられるそうで、なかでも稀少な昆布は商人のあいだでも高値で取引されておるとか」

抜荷には、薩摩藩が大坂などで販売を独占する黒砂糖が深く関わっている。

薩摩藩は所有する黒砂糖を大坂や下関（しものせき）の湊で昆布に替え、昆布を琉球経由で清国へもたらす。あるいは、海上で清国の商船と落ちあい、薬種などの積み荷と交換するのだという。

「清国にいたる海上には、昆布の道なるものがござります」

「昆布の道」

「薩摩の抜荷は、今にはじまったことではござりませぬ。されど、天保四年に重豪公が逝去なさったあとは、名実ともに藩主となられた斉興公の命により、藩ぐるみでおこなわれている形跡がござります。父と中村さまは越後へおもむき、抜荷の確乎たる証拠を摑んだに相違ござらぬ」

薩摩藩の不正が越後でわかるとは不思議なはなしだと、蔵人介はおもった。

「おぬし、神園半太夫と薩摩の関わりをどうみる」

「利によって繋がっておるのでござりましょう。その証拠を手に入れ、御庭番の方々にお伝えしなくてはなりませぬ」

「伝えて理解されるとおもうか」

「一笑(いっしょう)に付されるか、ともに奸臣を成敗しようと奮いたってもらえるか。どちらかでしょうね」

気がつくと、小舟は大川の河口へ近づいている。

東の空をのぞめば、うっすら白みはじめていた。

波は荒い。

串部は舟縁(ふなべり)に身を寄せ、反吐(へど)を吐いている。

蔵人介は瞑目し、波飛沫を浴びるに任せた。

倉地のおかげで、敵の輪郭があきらかになってきた。

にもかかわらず、気持ちは鬱(ふさ)ぎこんでいる。

孫兵衛のことが案じられてならない。

中村は死ぬまえに何かを託したのだ。

やはり、そうとしか考えられなかった。

九

そのころ、孫兵衛は『まんさく』の薄暗い板場に立ち、中村勝之進のことばをおもいかえしていた。

「わしが死んだら、この書状を薩摩屋敷の調所笑左衛門さまに届けてほしい」

書状には、神園半太夫なる者の系図とその所業が綿々と綴られていた。

神園は薩摩の郷士であったが、折りあいのわるかった名主を斬って逐電した。そののち、身分を偽って大坂に潜伏し、薩摩藩御用商人の西國屋に雇われて頭角をあらわす。密貿易の道筋を立てるべく、西國屋の手代として清国に渡り、彼の地で行方知れずになっていた。ところが数年後、薩摩領内へ戻ってからは、勘定奉行阿久津刑部の間諜として暗躍、幕府御側御用取次の郡上院伊予守に取り入って、伊予守の子飼いとなる。そしてこのたび、御庭番の束ねを任されることになったが、その目途は藩を利するものにあらず、郡上院や阿久津ともども私利私欲を貪ることにあり、確乎たる証拠をここに列挙するものなり。

要約すると、以上のようになる。

それは薩摩藩の間諜として幕府の中枢にある神園半太夫が、幕府と藩の両者にとって好ましからざる人物であることを訴えるものだった。神園を「誅殺すべき奸臣」と結んでいるところからすると、斬奸状のたぐいと考えてもよい。

調所笑左衛門が薩摩七十二万八千石の舵を握る家老であることはわかっている。いくつもの修羅場を乗りこえてきた孫兵衛も、こんどばかりは死を覚悟せねばなるまいとおもった。

孫兵衛は、みずからの過去を語ることもなく生きてきた。

もちろん、おようは知らない。

このまま静かに、一生を終えるつもりでいたのだ。

ところが、中村勝之進が何十年ぶりかで訪ねてきたことで、のんびりと余生を過ごす夢は水泡と消えた。

所詮、人は過去の呪縛から逃れられない。

叶孫兵衛はかつて、中村勝之進のもとで公方直々の隠密御用にいそしんでいた。御庭番である中村家の若党として、当主勝之進の手足となり、遠国御用へ随伴していたのだ。

転機となったのは遥かむかし、孫兵衛がまだ二十歳を過ぎたころのことだった。

薩摩藩に抜荷の疑いあり、探索せよの命を受け、勝之進ともども商人主従に身を窶して九州へ向かった。熊本藩の領内から薩摩路をたどり、矢筈川や野間関を経て薩摩領内へ深く忍びこんだのである。

鹿児島城下から噴煙を濛々と吐く桜島をのぞみ、唐湊とも呼ばれた坊津では抜荷の証拠となる品々も入手できた。そして、半年におよんだ探索ののち、伊集院、市来、串木野、向田、出水とたどり、熊本との国境まで戻ってきた。

野間関は「尻の穴まで調べられる」と言われるほど厳しい関所だった。ことに、領外へ出るのは難しいと聞いたので、数日のあいだ足止めを食った。よい手だても浮かばぬまま、山間の村へ踏みこんでみると、人っ子ひとりみあたらない。出水郷と呼ばれる藩の直轄地に属する村であったが、厳しい年貢米の徴収に耐えきれなくなった百姓が村を捨てて逃げたあとらしかった。

勝之進とふたりで途方に暮れた。

あきらめて戻りかけたとき、目の端に小さな人影が映った。

年端もいかない男の子だ。逃散によって捨てられた村の片隅で、孫兵衛は男の子をみつけたのだ。

今でも、はっきりとおぼえている。

親に捨てられたにもかかわらず、男の子は泣きもせずに震えていた。

勝之進のもとへ幼子を連れていくと、よい手があると膝を叩いた。

薩摩全土ではそのとき、麻疹が流行っていた。麻疹を患った幼子と父を装い、国境で待つ母のもとへ一刻も早く帰らねばならぬと訴えれば、たいして調べられずに出られるかもしれない。

賭けのようなものだが、ほかに妙案は浮かばなかった。

しかも、この手が通用するのはひとりだけだ。

「おぬしが行け」
と、勝之進は言った。
たしかに、年若い父親のほうがしっくりくる。
「江戸へ戻ったら、わしは死んだと伝えてくれ」
孫兵衛は主人の勝之進に命じられ、泣く泣く幼子を連れて関所に向かった。
そして、思惑どおり、無事に関所を抜けられたのだ。
奇蹟であったとおもう。
奇蹟をもたらしてくれたのは、逃散の村で拾った子だった。
江戸へ戻る道中、何度捨てようとおもったかわからない。
だが、孫兵衛にはできなかった。
この子が死なずに生きのびるかどうか。
この国の行く末を占うつもりで連れていこう。
幼子は一度も泣かず、喋りもせず、江戸までの長い道程を歩きつづけた。
中村家へ戻って探索の経緯を報告すると、些少（さしょう）の褒美金と暇を出された。
それ以来、隠密御用を命じられることもなくなった。
晴れて御家人長屋へ移ったあと、孫兵衛は拾った男の子に名を付けた。

「わしは、関所を抜ける手管(てくだ)におぬしを使った。おぬしのおかげで、命を拾うことができたのじゃ」

ことあるごとに、喋りかけた。

天守番の役を得て数年が経ったころ、中村勝之進がふらりと江戸へ舞いもどってきた。しかも、天守番之頭に昇進を果たしたと知り、孫兵衛は飛びあがらんばかりに喜んだ。

聞けば、数々の困難をかいくぐり、伝手を得て海路から江戸へ逃れてきたという。

孫兵衛はそのはなしを信じたし、勝之進が天守番之頭に任じられてからも隠密御用にいそしんでいることに勘づいた。

だが、孫兵衛自身は二度と助力を求められなかった。

たった一度、勝之進から祝いのことばを頂戴したことがある。

男手ひとつで育てあげた子が、矢背家の養子に決まったときだ。

勝之進はふらりと御家人長屋を訪れ、祝いの角樽を置いていった。

「おぬしの息子を遠目でみさせてもらった。あのときの幼子が、あれほど立派になろうとはな」

不覚にも、涙が零れた。

孫兵衛にとって、中村勝之進は命の恩人にほかならない。

しかも、蔵人介という希望まで授けてくれた。

もちろん、墓場まで持っていくべきはなしだ。

今にしておもえば、すべてが偽りの人生だった。

「わしは転んだ。転び間者じゃ。蔑んでくれ。生きのびるために、薩摩の密偵になったのだ」

由々しい告白をされても、孫兵衛は驚かなかった。

おおかた、そんなことだろうと、心の片隅ではおもっていたのだ。

「わしは御庭番として死にたい。わかってくれるのは、おぬしだけだ」

勝之進はそう言い、泣きながらこの手を握った。

そして、ことばどおり、死んでしまったのである。

「頼む。わしが死んだら、この書状をご家老のもとへ届けてほしい」

薩摩と関わりのない者が、どうやって調所笑左衛門の信頼を勝ち得たのかはわからない。ただ、確かなことがひとつだけある。それは中村勝之進が、おのれの死をもって書状の正しさを証明したことだ。

「そろりと、行かねばなるまい」

孫兵衛は板場をきれいに拭き、戸口から外へ出ようとした。

「およう、世話になったな」

そのことばを聞いてか聞かずか、およう が綿入れに包まった恰好であらわれる。

「おまえさま、何処かへお出掛けに」

「ふむ、すぐに帰ってくるゆえ、案ずるな」

「はい」

おようはうなずきつつも、つっと身を寄せてくる。

「どうした」

「お顔をお近くでみたくなりました」

「ふっ、妙なことを抜かす。ほれ、これでよいか」

皺顔を差しだすと、おようが抱きついてきた。

孫兵衛もおもわず、力を込めて抱きよせる。

ふたりはしばらく、黙ってそうしていた。

「およう、行かせぬ気か」

孫兵衛が笑うと、おようの手から力が抜けていく。

「ほれ、わしの顔をみよ。笑い皺の一本一本まで変わっておらぬであろう」

「まことに」

微笑むおようから身を離し、孫兵衛は戸口に向かう。

「されば な」

「お待ちを。結びをひとつ握ります」

おようは水で手を洗い、飯櫃のなかに残しておいた白飯を握った。

それを笹の葉に包み、持たせてくれる。

「梅干しを入れておきました」

「ありがたい。されば、こんどこそ行ってまいるぞ」

「はい」

後ろ髪を引かれるおもいで、見世の外へ出た。

空は白々と明け初めている。

おそらくは、もう二度と戻ってこられまい。

見納めに振りむくと、戸際に佇むおようが手を振ってこたえてくれた。

十

胸に渦巻く不安は、如何ともしがたい。

気づいてみれば、蔵人介は『まんさく』の表口に立っていた。

曙光が庭に射しこみ、雀たちが鳴いている。

息を吐いて板戸を敲くと、すぐさま、おようが顔を出した。

「おようどの、朝っぱらから申し訳ござらぬ。父上はおいでか」

「半刻ほどまえに、お出掛けになりました」

「えっ」

うろたえた蔵人介をみて、おようはその場にくずおれた。

「……も、申し訳ありません。わたくしには、どうすることもできませんでした」

嫌な予感がしたので、本心では引きとめたかったにちがいない。

蔵人介は平静を装い、おようを抱きおこす。

「おようどのには、何ひとつ落ち度はござらぬ。父の行き先にお心当たりは」

「先日、中村さまというお方がお越しになったとき、偶然、耳に挟んだお名がござのではないかと。そのことを、蔵人介さまにお伝えするべきでした」
「調所笑左衛門と、中村さまは仰いました。おそらく、書状か何かをお預かりした
ります」
「それは」

孫兵衛の覚悟は、およう の覚悟でもあったのだろう。

不安に耐えてきたことをおもえば、申し訳ない気持ちでいっぱいになる。

とりあえず、芝新馬場の薩摩屋敷へ向かわねばならない。

けれども、家老の調所笑左衛門にどうやって会えばよいのか、手だてが浮かんで
こなかった。

不安がるおようを残し、蔵人介は『まんさく』を離れた。

門の外で待っていた串部に事情を告げる。

「おぬしは自邸へ立ちもどり、事の一部始終を義母上に伝えてくれ。昨夜は帰って
おらぬので、みなも案じておろう」

「殿は、どうなされる」

「橘さまにお頼みしてみる」

「かしこまりました」

串部は去った。

急ぎ足で向かったさきは、駿河台だ。

大きな旗本屋敷が並ぶ一角に、橘右近の自邸もある。

迷わず門に近づき、大声を張りあげた。

「開門、開門願い申す」

どんどん、どんどんと、力任せに門を敲く。

しばらくすると、潜り戸から見知った用人が顔を出した。

「どなたかとおもえば、矢背さまでござりますか。いったい、何のご用でしょう」

眠そうに眸子を擦る用人の襟首を摑み、乱暴に外へ引きずりだす。

「橘さまに急用じゃ。早う、取りつげ」

凄まじい剣幕に怯えつつも、用人は潜り戸の向こうに引っこんだ。

わずかもせぬうちに、正門が重厚な音とともに開く。

橘右近が、綿入れを引っかけたすがたで立っていた。

小柄なからだだが、怒りのせいで倍に膨らんでみえる。

「何事じゃ」

一喝され、蔵人介はその場に片膝をついた。

「お助けいただきたく、参上いたしました」

「ほほう、これはめずらしい。おぬしが助けを求めるとはな」

橘は笑みを浮かべたが、懐手を解こうとしない。

蔵人介は、さらに深く頭を垂れた。

「理由を申しあげている暇はござりませぬ。薩摩藩家老の調所笑左衛門さまにお会いしとうござります。何卒、お取りはからいを」

「無理を申すな。調所どのとは面識もないわ」

「薩摩藩に伝手をお持ちではござりませぬか」

「なくはない。されど、おぬしごときに使うわけにはいかぬ」

ぐっと、ことばが詰まった。

だが、ここは旗本最高位に就く重臣の慈悲に縋るしかない。

「父が……実父、叶孫兵衛の命が懸かっておりまする」

「なにっ、御天守番を辞めて包丁人になった父上のことか」

「御意」

沈黙が永遠に感じられたとき、橘は口をひらいた。

「たしか、御伝奏(ごてんそう)屋敷に、拝賀の公家衆が残っておったはずじゃ」

「えっ」

「わからぬのか、近衛公の従者がおるやもしれぬぞ」

「あっ」

大御台茂姫は、近衛家の養女となって徳川家に輿入れした。薩摩藩は近衛家と浅からぬ縁で結ばれている。だが、伝奏屋敷に近衛公の従者がいたとしても、高家(こうけ)以外に会って願い事ができる人物などいるのだろうか。

「志乃どのがおるではないか」

橘のひとことに、蔵人介は跳ねおきた。

そうだ。近衛家と関わりの深い志乃に頼めばよい。

「寒いのう。これ以上、つきあってはおれぬぞ」

橘は背中を向け、襟を寄せながら遠ざかっていった。

入れ替わりに、さきほどの用人が黒鹿毛の馬を引いてくる。

「矢背さま、暴れ馬でございますが、よろしければお使いください」

「よいのか」

「殿のご配慮にございます」

「ありがたい」

点頭すると、正門が音を起てて閉まった。

蔵人介は黒鹿毛にまたがり、はっしと鞭をくれる。

疾い。

疾風のようだ。

寒気のなか、黒鹿毛の鼻息さえも凍りつく。

浄瑠璃坂を一気に上り、市ヶ谷御納戸町の小路へ躍りこんだ。

「……う、馬じゃ」

隣近所の連中が仰天して腰を抜かす。

冠木門のまえには、何故か、矢背家の面々が集っていた。

「ご当主どの、遅うござるぞ」

志乃が叫んだ。

すでに、身仕度を整えている。

「孫兵衛どのは行かれたのじゃな」

「はい」

「されば、致し方ござりませぬ。あたら命を粗末にしてはならぬと説く機会を失った。串部から事のあらましはお聞きしましたぞ。斬られた中村某と孫兵衛どのは、浅からぬ因縁で結ばれていたのでしょう。縁のある相手から命懸けの頼み事をされたら、義理堅い孫兵衛どのは動かざるを得まい」

「向かったのは、薩摩屋敷にござります」

と、蔵人介は馬上からこたえた。

「されば、近衛家の伝手を使えと、橘さまに言われたか」

「仰せのとおり」

志乃は鋭い。見抜いている。

「ありがたいはなしよ。馬まで貸していただくとはの」

志乃は黒鹿毛に近づき、鼻面を優しく撫でた。

横腹にまわり、ひらりと蔵人介の後ろに乗りこむ。

「さあ、急ぐのじゃ」

めざすさきは、辰ノ口の伝奏屋敷である。

志乃はみずからの伝手を使い、孫兵衛を救おうとしている。

その気持ちが、蔵人介はありがたかった。が、公家の仲立ちを得られたとしても、はたして、調所笑左衛門ほどの大物に会えるのだろうか。それよりも何よりも、孫兵衛は無事でいるのであろうか。調所に面談を申しこめば、敵方に察知され、刺客の的になる危険も生じてくる。

「父上」

蔵人介は焦燥に駆られながらも、黒鹿毛の尻に鞭をくれた。

朝靄に包まれた道に、蹄の音が響きわたる。

「もっと疾う、疾う奔らせよ」

志乃が後ろから煽りたててきた。

十一

すでに、孫兵衛は二刻近くも待たされている。

芝新馬場の薩摩屋敷を訪ね、中村勝之進の名を出して家老への面談を求めた。

門前払いは覚悟のうえだ。最初から無謀なことはわかっている。

だが、ほかに方法はない。運を天に任せるよりほかに、できることはなかった。

さいわい門番は取りついでくれ、広大な屋敷のなかへ招じられた。

表口に近い控部屋に通されたまではよかったが、ずっと待たされつづけている。

――くうっ。

腹の虫が鳴いた。

「腹が減っては何とやらか」

おようの持たせてくれた握り飯を取りだし、笹の葉を開いてひと口食べる。

「美味いのう」

口をもぐつかせながら、正面の床の間を睨みつけた。

壁には寒牡丹の描かれた軸が掛かっている。

「寒牡丹か」

朱色が目に沁みた。

おそらく、調所笑左衛門はあらわれまい。

孫兵衛は尻を持ちあげ、床の間に近づいた。

懐中から書状を抜きだし、飯粒をくっつける。

掛け軸を捲りあげ、寒牡丹の裏側に書状を貼りつけた。

悪党どもに捕まる予感がはたらいたのだ。書状を奪われたら元も子もない。こうなれば、誰かがみつけてくれることを祈るしかなかった。

戻りかけたところへ、跫音が近づいてきた。

急いで元の位置に座った途端、襖が開く。

厳(いか)つい顔が、ぬっと差しだされた。

「中村勝之進どのの使いとは、そなたのことか」

「はい、叶孫兵衛と申します」

「町人か」

「いかにも」

「言葉遣いは侍のようだな」

「元は幕臣にござる」

「なるほど、さようか」

男は空咳をひとつ放ち、立ったまま居ずまいを正した。

「ご家老は多忙の身ゆえ、お会いできぬ。代わりに、勘定奉行の阿久津刑部さまがお会いになるゆえ、従いてまいれ」

「あの、できますれば、お名をお聞かせ願えませぬか」

「わしか。わしは都城重三郎、阿久津家の用人頭じゃ。阿久津さまもお忙しい身、来るのか来ぬのか、はっきりいたせ」

「まいりましょう」

孫兵衛は立ちあがり、都城の背中につづいた。

草履を履き、玄関から外へ出る。
さらに、門からも出た。
盛りあがった肩が目の位置にある。
都城は大きな男だ。
薩摩示現流の遣い手であろうか。
孫兵衛は、中村が三味線堀で斬られたのを知っていた。
刺客が「猿叫」を発したことも、辻番の親爺から聞いている。
それゆえ、都城を疑った。
薩摩屋敷は後ろに遠ざかっていく。
都城は脇目も振らず、どんどん先へ進んだ。
潮の香りがしてくる。
「あの、何処まで行かれるのか」
孫兵衛の問いに、都城は足を止めて振りむいた。
「すぐそこだ」
乱暴に吐きすて、大股で身を寄せるや、どすんと腹に当て身を食わす。
「うっ」

その瞬間、頭が真っ白になった。


しばらくして目覚めたとき、孫兵衛は黴臭い土蔵の片隅に転がっていた。

都城の顔が目のまえにある。

ほかにふたり、布袋のように肥えた商人風の男と、光沢のある着物を纏った偉そうな侍がおり、都城の背後からこちらを見下ろしていた。

「目を覚ましましたぞ」

と、布袋が喋った。

「西國屋、神園はまだ来ぬのか」

偉そうな侍に問われ、西國屋と呼ばれた布袋が応じる。

「一刻余りまえに使いを出しました。もうすぐ、こちらへおみえになりましょう」

「神園が来れば、こやつの正体はわかるのだな」

「はい。中村勝之進と通じておる者はすべて、神園さまがお調べ済みのことかと。されど、中村はこの者に何を託したのでございましょう。阿久津さまはご想像がつきますか」

「ふうむ」

阿久津という名は、さきほど、都城の口から漏らされた。勘定奉行のことだ。薩摩藩の勘定奉行と出入りの商人が、中村勝之進のことをよく知る神園なる者を待っているのだ。

阿久津はつづける。

「風聞書の写しは、神園が中村をおびきよせて入手した。そのことは、郡上院さまもご存じのはずじゃ。公方は大御所を黙らせるために、抜荷の証拠を欲しがっておる。されど、郡上院さまが側におるかぎり、公方の手には渡らぬ」

「郡上院さまには、こたびも五百両の献金をいたしました」

胸を張る西國屋は、阿久津にたしなめられた。

「五百両ごとき、くれてやればよい。それで薩摩七十二万八千石が救われるのなら、安いものではないか」

「ごもっともにござります。御藩の安泰なくして、手前どもの儲けも生まれませぬ」

「そうじゃ。おぬしは御用達のくせに、抜荷で何万両と儲けておるであろう。それもこれも藩があってのことよ」

「阿久津さまにも、今以上に甘い汁をお吸いになっていただかねばなりませぬ」

「甘い汁じゃと。何を抜かす。わしは甲虫ではないぞ、ぬは、ぬはは」

そうした会話を聞いているだけで、悪事のからくりが輪郭を帯びてきた。

薩摩藩の勘定奉行が御用達とつるみ、抜荷で得た利益の一部を掠めとっている。幕府の定めた法度を破るだけでは飽きたらず、この連中は藩をも裏切っているのだ。

「それにしても、こやつ、年寄りのわりには肝が据わっておりますな。何せ、ご家老の調所さまに面談を求めたのですから。もっとも、ご家老がお会いになるはずはない」

「いいや、西國屋、そうとも言いきれぬぞ。わしは中村を転び間者に仕立てたあと、一度だけ調所さまに引きあわせたことがあった。調所さまは勘のよいお方ゆえ、中村勝之進の名を聞けば、面談をお受けになったに相違ない。事前に食いとめられたのは、幸運以外のなにものでもないわ」

ぎっと石臼を碾くような音が響き、ひょろ長い人影がはいってきた。

狐目の男だ。

「あっ、神園さま」

西國屋が迎えにいく。

「遅いぞ」

阿久津に文句を言われても謝らず、神園は影のように近づいてきた。

「拙者はもうすぐ、御庭番の束ねを任されます。御庭番どもの目が光っておるゆえ、容易に外を出歩くこともかなわぬのですぞ」

「わかった、もう言うな。されど、中村勝之進の名が出れば、放ってはおけまい」

「さようですな」

神園は身を寄せて、孫兵衛を見下ろした。

「こやつでござるか」

「どうじゃ、知った顔か」

阿久津に聞かれ、神園は首を横に振る。

「見知った顔ではござりませぬ」

「中村はおぬしが罠に掛け、そこにおる都城に始末させた。にもかかわらず、そやつがご家老のもとへ死人の言伝(ことづて)を携えてまいったのじゃ」

「承知しております」

神園は裾をたたんで屈み、孫兵衛の顔を舐めるように眺めた。

「風体は町人だが、紛れもなく侍の面構えをしておる。阿久津さま、この者の名をお教えください」

「はて。何であったかな、都城よ、こたえてみい」

「はっ、叶孫兵衛にござります」

神園は合点したのか、にっと歯をみせて笑った。

「中村とともに、わが藩の抜荷探索をおこなった者にござりましょう」

「御庭番の手下と申すのか」

「はい。この者ならば、中村勝之進に義理を尽くしてもおかしくはござらぬ」

「何者なのじゃ」

「元天守番にござります。ありもせぬ千代田城の天守を守りつづけ、隠居したあとは御家人株を売って、小料理屋の亭主におさまったかと」

「ふん、つまらぬ男ではないか」

鼻を鳴らす阿久津に同意しつつも、神園は眉間に皺を寄せる。

「懸念がひとつ」

「何じゃ」

「この者の実子は、鬼役にござります」

「鬼役となァ」

「はい。矢背蔵人介と申す公方の毒味役でござります。そやつ、幕臣随一の剣客だそうで」

「ふん、幕臣どもの遣う剣なぞ、たかが知れておるわ。都城に掛かれば、一刀両断にされるだけのことよ」

「侮ってはなりませぬ」

「ほう、おぬしにしては、めずらしいのう。恐れておるのか」

「まさか。拙者とて、鞍馬八流の免許皆伝にござります。たかが鬼役ごとき、恐ろしいはずがない」

険悪な空気が流れたので、阿久津はさらりとはなしを変えた。

「ともあれ、こやつの目途を聞きださねばならぬぞ」

「おおかた、中村から書状か何かを預かったのでござりましょう」

「探しても何ひとつ出てこなんだわ」

突如、孫兵衛が口を開いた。

「書状なんぞはない。わしは自分のこの口で、おぬしらの悪行を並べたててやるつもりじゃ」

「ほう、喋ったな」

神園が身を乗りだしてくる。

「されば、悪行とやらを申してみよ」

「言わぬさ。ご家老の調所さまにだけ、お伝えすべきことじゃ」

「ご家老には会えぬ。おぬしはここで死ぬのだからな。ふふ、そうだ、おもしろい趣向が浮かんだぞ」

神園は袖口に手を入れ、小さくたたんだ紙包みを取りだす。

「常備しておる烏頭(うず)毒じゃ。おぬしの子は毒味役ゆえ、父のおぬしには毒で死んでもらうとしよう。どうじゃ、おもしろかろう。西國屋、盃をふたつと酒を持ってこい」

「へえ、ただいま」

しばらくすると、西國屋がよたよた戻ってきた。

神園はふたつの盃に酒を注ぎ、どちらかひとつに素早く烏頭の粉を溶かす。

「烏頭毒は、呑めばすぐに効く。どちらかの盃を選ぶがよい。生きるか死ぬか五分と五分、毒のはいっておらぬ盃を選んだときは、この蔵から出してやろう」

「戯(ざ)れ言(ごと)を抜かすな」

孫兵衛は一笑に付した。

生きてここから出されるはずはない。

「命が惜しくないのか。さすが鬼役の父、胆が据わっておるのう。ただし、死ぬのはおぬしだけではないぞ。子も同じ運命をたどらせてやる」

「くふっ、くふふ」

孫兵衛は下を向き、さも可笑しそうに笑う。

「何が可笑しい」

神園は怒鳴りつけ、髷を摑んで引きあげた。

孫兵衛は笑うのをやめ、ぐっと睨みつける。

「おぬしには無理じゃ。蔵人介とでは役者がちがう」

「わしには討てぬと申すか」

「ああ、討てぬ。やめておけ。近づいたら、素首を飛ばされよう」

「ほざけ。盃を選ぶのだ。命乞いをするなら、今のうちだぞ」

孫兵衛は座りなおし、すっと襟を正した。

「矢背のご先代から承った金言がある」

「何じゃ」

「教えてつかわそう。毒味役は毒を啖うてこそのお役目、死なば本望と心得よ」

凛然と発するや、孫兵衛は盃をふたつ持ち、たてつづけに干してしまう。

神園たちは呆気にとられ、手のほどこしようもなく立ちつくしていた。

十二

八ツ刻を過ぎた。

すでに一刻ほど、薩摩屋敷の控部屋で待たされている。

焦りは募るものの、待つ以外に手はない。

蔵人介は拳を固め、床の間を睨みつけた。

壁の掛け軸には、寒牡丹が描かれている。

朱色に目を奪われていると、軸の裏側から何かが落ちてきた。

驚いて身を寄せ、落ちたものを拾いあげる。

書状のようだ。

誰かが米粒を糊代わりにして、軸の裏側に貼りつけたのだ。

書状を開き、さっと目を通す。

「ん、これは」

神園半太夫の知られざる素姓、さらには抜荷の儲けで潤っている者たちの悪行が、数々の証拠とともに綿々と綴られている。そして、末尾には「中村勝之進」と記されてあった。

「まちがいない」

孫兵衛が中村に託された書状であった。

おそらく、孫兵衛はこの部屋で蔵人介と同じように長々と待たされたにちがいない。調所笑左衛門との面談はかなわぬものと察し、咄嗟の判断で書状を掛け軸の裏に貼りつけたのだ。

「ぬう」

以心伝心とは、まさに、このことを言うのであろう。

耳を澄ませば、廊下の向こうから跫音が近づいてくる。

蔵人介は元の席へ戻り、背筋を伸ばして待ちかまえた。

襖が開き、ふたりの人物がはいってくる。

ひとりは襖を背にして座り、ひとりは上座に腰を下ろした。

「調所笑左衛門でござる」

上座から、気取りのない声が聞こえてきた。

想像していた外見とは、ずいぶんちがう。

ふっくらした顔に笑みを湛えた好々爺だ。

抜荷を推進する策士の印象は薄く、とらえどころがない。

腹が据わっているのかいないのか、相手に腹を探らせぬところが只者ではなかった。

ともあれ、薩摩藩の家老に面談することはできた。

志乃には、どれだけ感謝してもしきれない。

調所がつづけた。

「近衛さまのご使者によれば、公方さまのお毒味役をおつとめとか」

「いかにも、矢背蔵人介と申します」

調所はうなずきもせず、重臣らしきもうひとりの人物に問うた。

「阿久津よ、矢背どのを知っておるか」

「いいえ」

阿久津と呼ばれた重臣は、口端に冷笑を浮かべる。

「公方さまのお毒味役と申しましても、たかだか二百俵取りの軽きお役目の者にござりましょう。さような者が何故、近衛さまと通じておるのか、しかも、こうして薩摩七十二万八千石の家老に会うことができるのか、首をひねるばかりにござります」

調所がこちらに向きなおる。

「矢背どの、わが藩の勘定奉行はさように申しておるが、近衛さまとの関わりをおこたえできようかな」

「近衛さまとのご縁は、わが矢背家を主筋に持つ洛北の八瀬童子に由来するものでござります。されど、本日まかりこしたのは、貴藩の転び間者となった中村勝之進に関わる訴えにござりまする」

「中村勝之進とな」

調所の顔色が変わる。

中村のことを知っているのだ。

阿久津が、眦を吊って吼えた。

「中村なる者の訴えを伝えるために、近衛さまの名を使ったのか。それは由々しきことぞ。事と次第によっては、厳罰を免れまい。ご家老、かような者の訴えにお耳をかたむけることはありませぬぞ」

すかさず、蔵人介は平伏した。

「厳罰は覚悟の上にござります」

顔を持ちあげ、懐中から書状を差しだす。

「これをご覧くださりませ」

掲げた書状の宛名をみつめ、調所はじっくりうなずいた。

「その筆跡、何度か目にしたことがある。中村勝之進なる者の筆跡じゃ。転び間者とは申せ、その力量は探索方のなかで群を抜いておった。どれ、読んでみよう」

「はは」

蔵人介が膝行(しっこう)すると、阿久津は苦虫を嚙みつぶしたような顔をする。

調所は書状を開き、じっくり目を通した。

そして、かたわらに、ぽんと抛った。

阿久津は書状を拾い、食い入るように読む。

怒りからなのか、恐れからなのか、書状を握る手が小刻みに震えだした。

配下の動揺をみてとり、調所笑左衛門が口をひらく。

「阿久津、そちの名もあるぞ。西國屋とはからい、私腹を肥やしておったのか。それが真実(まこと)ならば、腹を切らねばなるまい」

「……ご、ご家老。どこの馬の骨とも知れぬ者が持ちこんだ訴えにござる。それを、ご信じになられるのか」

「誰が持ちこんだかなど、どうでもよい。中村勝之進の列挙した証拠は、充分に納得のできるものばかりじゃ。しかも、中村はすでに死んでおるのであろう。察するに、おぬしの指図でな。中村はみずから訴えでることがかなわぬと踏み、信頼できる者に書状を託したのじゃ。これは中村勝之進の遺言にほかならぬ。粗略に扱うことはできぬぞ」

「ご家老、お待ちを」

「まだ申すか。潔く、おのれの罪をみとめよ」

「みとめませぬ。くう、こうなれば、ご家老に死んでいただくしかない」

阿久津はかたわらの刀を握り、起ちあがりかけた。

蔵人介がすかさず、流れるように身を寄せる。

右手を伸ばし、阿久津の首を鷲掴みにした。

「ぬぐっ」

苦しがる阿久津に向かい、問いを放つ。

「叶孫兵衛の居場所を教えよ。おぬしらに囚われているのはわかっておるのだ。教えねば喉仏を潰す」

「……く、苦しい……い、言うから放せ」

手を放すと、阿久津は激しく咳きこんだ。

そして、落ちついたところで吐きすてる。

「西國屋の隠し蔵じゃ」

上座の調所がうなずいた。隠し蔵の場所を知っているのだ。

「ごめん」

蔵人介は発するや、脇差の柄頭を阿久津の鳩尾に埋めこむ。

声もなく蹲る重臣を冷めた目でみつめ、調所が尋ねてきた。

「叶孫兵衛とは、どなたじゃ」

「それがしの父にござります。中村さまに書状を託されたのは、それがしではなく、
父の叶孫兵衛にござりました」

「まさか、そこもとの父上は、こやつらのせいで囚われの身になったと」

「おそらくは」

「申し訳ない」

調所は深々と頭を垂れ、くっと顔をあげた。

「案内をつけよう。ともかく、一刻も早く隠し蔵へまいられよ」

「はっ、かたじけのう存じます」

「それは、こちらの台詞じゃ。そこもとは父上を助けたいばっかりに、無理をしてわしとの面談を求めたのじゃな。すまぬ、わしはおぬしを疑っておった。抜荷を探るのが狙いではあるまいかとな」

「それがしが公儀の隠密ならば、まっさきに書状を幕閣のお歴々の目に触れさせたことでしょう」

「そうじゃな。わが藩は窮地に陥るところであった。重ねて礼を申しあげる」

「お礼は中村勝之進さまに差しあげてくだされ。ご本意ではなかったにせよ、中村さまは転び間者となり、貴藩に忠誠を尽くされました。それもまた、間諜を生業とする御庭番の矜持にござります。できることならば、中村さまの御霊を手厚く弔っていただきとうござります」

「かしこまった」

控部屋を出ると、戸際に薩摩の若い藩士が待ちかまえていた。

「矢背どの、さあ、急がれよ」

蔵人介は調所笑左衛門に送りだされ、薩摩屋敷を飛びだした。

十三

蔵人介は外で待っていた串部とともに、西國屋の隠し蔵へ向かった。

薩摩藩士の導きで縄手の松並木を通りぬけ、四半刻ののちには、藩の蔵屋敷が近くにみえる浜辺の一角へたどりついた。

ところが、隠し蔵は蛻(もぬけ)の殻だった。

蔵役人に糾すと、西國屋たちは半刻ほどまえに荷船で沖へ向かったという。

「夕刻、出帆(しゅっぱん)なさるとのことで」

桟橋から沖を遠望すると、薄曇りのもと、樽廻船(たるかいせん)とおぼしき大きな船が碇(いかり)をおろしている。

「あれか」

「そのようですな」

串部に命じて、水夫を集めさせた。

桟橋に繋いであった荷船を借り、三人の水夫たちを煽って海に漕ぎだす。

いざ漕ぎだしてみると、波はけっこう荒い。

蔵人介と串部も櫂を握り、漕ぐのを手伝った。

しばらくすると、腕が棒のようになってくる。

それでも、目途の船影が次第に大きくなると、力も湧いてきた。

途中で日没となり、海原は真紅に染めぬかれた。

「父上、生きていてくだされ」

蔵人介は、何度も胸に叫びつづける。

気づいてみれば、波のまにまに、樽廻船の船影が浮かんでみえた。

群青色(ぐんじょう)に沈んだ海上に、巨大な船舷が聳(そび)えている。

大波に乗って激突する寸前で、どうにか踏みとどまった。

船首を慎重に近づけ、鳶口(とびぐち)を使って船舷へ上手に寄せていく。

船舷には投網(とあみ)が垂れており、網目を伝えば上っていけそうだった。

串部とふたりで網目に取りつくと、水夫たちは危険を察したのか、荷船を操って早々に離れてしまう。

「かまわぬさ」

退路を断つ気構えでなければ、孫兵衛を救うことはできまい。

蔵人介は苦労して網をよじ登り、何とか船端に手を引っかけた。

首からうえを差しだすと、甲板の様子がわかった。

水夫たちのほかに、人相風体の怪しい連中がいる。

「阿漕な商人に雇われた用心棒どもですな」

串部が隣から囁きかけてきた。

「十二、三はおりますぞ」

「ああ、そのようだな」

「殿、何か策はおありですか」

「ない」

「なるほど、無策の策にござるな。下手な考えは休むに似たりという諺もございます」

「ふむ」

「されば、まいりまする。ぬおっ」

串部は船端を乗りこえ、甲板に転がりこんだ。

むっくり起きあがると、両刃の同田貫を抜く。

薄闇のなかで、白刃が光彩を放った。

呆気にとられた連中が、一斉に騒ぎだす。

「くせものじゃ。斬れ、斬りすてよ」

龕灯の光が交錯した。

掛かってくる者は容赦しない。

串部は波飛沫で濡れた甲板を滑り、迫りくる用心棒の髷を刈った。

「ぎぇっ」

血飛沫が散り、刈られた髷が切り株のように残る。

船室につづく穴からも、人影が飛びだしてきた。

用心棒たちにまじって、肥えた商人もみえる。

西國屋にまちがいない。

「何じゃ。いったい、何の騒ぎじゃ」

布袋のような商人が叫ぶあいだも、用心棒の髷はつぎつぎに刈られていった。

甲板は阿鼻叫喚の坩堝と化し、血煙のまんなかで串部が躍っている。

——ぐわん。

巨船が横波を受けて、大きくかたむいた。

「うわっ」

用心棒も刈られた髷も海水に流され、甲板の端から端へ転がっていく。

「都城さま、都城さま」

西國屋が叫ぶと、穴のなかから大柄の侍が厳つい顔をみせた。

薩摩示現流の刺客、都城重三郎である。

「出やがったな」

吐きすてる串部に対峙し、都城は三尺近くの剛刀を抜いた。

「幕府の密偵か」

「ちがうわ」

串部は血振りを済ませ、同田貫を地擦りの青眼に構えなおす。

「見かけ倒しめ、ほれ、懸かってこぬか」

煽りたてると、都城はこめかみをひくつかせた。

「ちぇええい」

突如、猿叫が響いた。

都城は甲板を駆けぬけ、はっとばかりに跳躍する。

「受けるな」

と、蔵人介が後ろで叫んだ。

が、串部は十字に受けてしまう。

──ぎゅん。

奇妙な金属音とともに、同田貫がふたつに折れた。

初太刀はそのまま、串部を袈裟懸けに斬りさげる。

「ぐおっ」

串部は反転し、二ノ太刀から逃れようとした。

「逃すか」

都城は深く踏みこみ、大上段に構える。

刹那、黒い旋風が擦りぬけた。

「あれっ」

都城の脇腹がぱっくりひらき、小腸がぞろっとはみだす。

小腸を甲板に引きずりながら、都城は首を捻った。

すぐそばに、蔵人介の顔がある。

「鬼か」

つぶやいた都城の脳天に、重い刃が落ちた。

──ずん。

ひとたまりもない。

都城重三郎は、屍骸になった。

もはや、斬りつけてくる者もいない。

「串部、生きておるか」

呼びかけると、平気を装った声が返ってくる。

「何のこれしき、浅傷(あさで)にござる」

串部は、むっくり立ちあがった。

さらしのかわりに帯を胸に巻きつけ、止血をほどこしている。

着物を結ぶ帯がないので、白い褌が丸見えだ。

「無理をするな」

と言いのこし、蔵人介は穴のほうへ向かう。

「ひゃはは、そこまでじゃ」

逃げこんでいた西國屋が、穴から顔を出した。

あとにつづく手下が、誰かを引きずってくる。

「……ち、父上」

孫兵衛だ。

まだ生きている。

後ろ手に縛られ、頭を垂れていた。

「神園さまが仰った。鬼が追ってくるやもしれぬゆえ、こやつは死なぬ程度に生かしておけとな」

西國屋は孫兵衛の髷を摑み、顔をこちらに向ける。

灰色にくすんだ顔は、死人と区別がつかない。

それでも、蔵人介のことがわかるのか、孫兵衛は無理に笑おうとしてみせた。

「こやつ、おぬしの父親らしいのう。さすが、鬼役の父親じゃ。しぶとい爺でな、烏頭毒を啖うても死なずに生きのびよったわ」

「毒を吞ませたのか」

蔵人介が目を剝くと、西國屋は威しつけてくる。

「父親を生かしておきたいのなら、刀を措くがよい。ほれ、突くぞ、早うせぬか」

西國屋に顎をしゃくられ、手下が短刀の先端を皺の垂れた喉元に突きつける。

「……ば、莫迦め」

孫兵衛が喋った。

「……わ、わしの倅を舐めるでないぞ」

みずから喉を差しだし、短刀に突かれようとする。

「父上」

そのとき、大きな横波が襲いかかってきた。

——ぐわん。

斧のような船首が、高々と持ちあがる。

「うわああ」

人も物もすべて、甲板の下方へ転がった。

さらに、揺りもどしとともに、上方へ滑っていく。

西國屋も転がり、串部の足許に止まった。

「ひぇっ」

「残念だったな」

串部は折れた同田貫を、布袋腹に突きたてる。

「ぐえっ」

潰れ蛙のごとき断末魔が、波音に掻き消された。

座りこむ蔵人介の腕には、瀕死の孫兵衛が抱かれている。

「……こ、こうして死ぬるとはな」

「父上、弱気なことを仰いますな」

「ふっ、立派になりおって……す、すまなんだな」

「何を謝っておいでです」

「……ひ、ひとこと……あ、謝りたかった」

「父上、もう喋ってはなりませぬ」

「……お、おぬしはな、おぬしは」

孫兵衛は口をもごつかせ、ふっと目を閉じた。

最期に言いたいことを告げ、胸のつかえが取れたのか、その顔は安堵したように笑っている。

だが、孫兵衛の告白は伝わっていなかった。

「父上」

いったい、何が言いたかったのか。

蔵人介には、想像のしようもない。

孫兵衛に尋ねることもできぬのだ。

「父上、父上」

必死の叫びは慟哭(どうこく)となり、船舷に激突する横波に攫(さら)われていった。

十四

二日後、千代田城。

正月十一日は御用始（ごようはじめ）、公方家慶はみずから使番（つかいばん）を集めて命を下す。

諸役人は役替えとなって初日にあたるため、何かと城内は忙しない。

神園半太夫は御側御用取次の郡上院伊予守にしたがい、白書院の西側から北に延びる竹之廊下を渡った。

幅二間（約三・六メートル）、長さ十五間半（約二十八メートル）の廊下は、右手の東側が中庭になっている。柱と柱のあいだにある内法長押（うちのりなげし）下には舞良戸（まいらど）二枚と障子一枚がはめられ、同じく長押上には木格子と明（あかり）障子二枚がはまっている。天井は猿頬（さるぼお）天井で、左手の障壁画には流れる金雲と竹林に雀の飛ぶ墨絵が描かれていた。

平常であれば踏みこむことを許されぬ由緒ある廊下だ。

肝の据わった神園も感動を抑えきれない。

さらに、廊下を渡りきると、大名の詰める松溜（まつだまり）があった。

そして、いよいよ、黒書院へとたどりつく。

公方が月次御礼の登城で諸大名に謁見する部屋だ。

上段と下段、西湖之間と囲炉裏之間の四部屋からなり、周囲は入側に囲まれている。

さすがに、神園は足の震えを止められない。

「ふふ、慣れが肝心じゃ」

と、郡上院は余裕の笑みを浮かべた。

入側の障壁画は、内法長押上の小壁に描かれている。

金雲がたなびき、山水や人物や花鳥の描かれた色紙や団扇が押絵となって貼られていた。

公方家慶の座る黒書院上段は、北面に畳床と違棚がしつらえてある。下段との境は高さ六寸三分（約十九センチ）の黒漆の框で仕切られ、内法長押上は欄間ではなく小壁がはめられていた。障壁画はいずれも押絵で、山水の墨絵などが描かれているらしい。

神園はもはや、恐れ多くて顔をあげられなくなった。

今日は具足之祝ゆえ、神君家康公縁の具足や刀剣が黒書院の入側に飾られる。

これらを、諸侯諸役人は鑑賞できた。

手垢のついた具足や刀剣に触れることで「初心に返れ」という戒めだ。

公方家慶が上段から下段に降り、気軽な調子で入側へ近づいてきた。

「伊予、遅いぞ」

郡上院がお気に入りらしく、気軽に笑顔を向けてくる。

本日から御庭番の束ねを任される神園も、そばに侍る栄誉によくしていた。

公方と同じ黒書院にいるというだけで、後世への語り草になるだろう。

入側には特別に棚が設けられ、具足や刀剣がずらりと並んでいた。

家慶はみずから刀を取りあげ、黒漆塗りの鞘から抜いてみせる。

「日光助真（にっこうすけざね）じゃ。ほれ、この沸（にえ）の激しさ。焼きが強いと、こうなるのじゃ。大丁（おおちょう）子（じ）乱れに互（ぐ）の目（め）乱れのまじった刃文をみよ。惚れ惚れといたすであろう」

日光助真は、家康が加藤清正（かとうきよまさ）から献上された刀だという。身幅（みはば）の広い剛毅な風貌を気に入り、家康は愛用した。

「伊予、おぬしにも触れさせてやろう」

「恐れ多いことにございます」

「よいのじゃ。具足之祝とはな、幕府開闢（かいびゃく）のころをしのぶための催しじゃ。初心に返るには、大権現さまご愛用の宝刀に触れさせていただき、柄についた垢のひとつも煎じて呑まねばなるまいぞ」

郡上院は、震える手で宝刀を握る。

「へへえ」

「その者にも触れさせよ」

神園は指名され、乙女のように頰を染めた。

おそらく、これほどの機会に恵まれることは生涯で何度もあるまい。

日光助真の柄を握ると、掌に垢のようなものが残った。

「舐めてみよ」

促されてぺろりと舐めるや、家慶は腹を抱えて嗤う。

「くはは、莫迦め。それは日光助真の影打ちじゃ。本物は日光東照宮の内陣に眠っておるわ。おぬしが舐めたのは、鼠の糞じゃ」

嘲るように笑いつづける家慶に、神園は殺気を抱いた。

だが、今は牙を剝くときでないことを心得ている。

西國屋は謎の死を遂げ、樽廻船からは横領するつもりだった抜荷の品を大量にみつけられた。阿久津は腹を切り、公金横領の責を負った恰好になった。

妙なことに、自分だけが助かっている。

いまだ、調所からは叱責もない。

今までどおり間諜の役目をつづけよとお命じなのだと、神園は都合のいいように解釈していた。

なるほど、西國屋にはさんざん甘い汁を吸わせてもらったが、死んだ者はいまさら生きかえらない。しばらくは息をひそめ、ころあいをみはからって西國屋の代わりをみつければよい。

ともあれ、このたびは幸運だった。

などと考えながら、黒書院を逃れて郡上院とも別れ、配下となる御庭番たちの待つ大奥の御広敷へ向かう。

いったん中奥から外へ出て、御広敷御門から大奥へはいらねばならない。

御門の右手には門番所があり、伊賀者詰所と添番詰所が並ぶ。

まっすぐ進むと玄関にいたり、いくつかの詰所や勤番所を横目にしながら奥へ進む。

ようやく、めざす御用人部屋へやってきた。

「ここからが本番だ」

神園は気を引きしめた。

御庭番たちに舐められるわけにはいかない。

厳しい姿勢でのぞむことを知らしめるには、最初の挨拶が肝心だ。

部屋の入り口では、若い御庭番が待ちかまえていた。

「神園さま、十七家の者たちがみな、お待ち申しあげておりまする」

軽々しい口調が癇に障った。

「おぬし、名は」

「倉地誠四郎と申します。長らく浪人をしておりましたが、こたびの手柄で出戻りを許されましてござります」

「こたびの手柄とは何じゃ。わしは何も聞いておらぬぞ」

「さすれば、お部屋のなかで、どなたかにお聞きくださりませ」

「何じゃ、その言いまわしは。おぬし、御庭番に向いておらぬのではないか」

「ふふ、ともあれ、なかへ。みなさまがお待ちかねにござります」

埒(らち)があかぬので、倉地誠四郎の胸を押しのけ、襖を引きあけた。

部屋に一歩踏みこみ、ぎくりとする。

同じ白裃(しろかみしも)を纏った御庭番たちが平伏していた。

忠誠を誓っているのだとおもいなおし、上座に腰をおろす。

「神園半太夫じゃ。面(おもて)をあげよ」

偉そうに命じても、誰ひとり顔をあげる者はいない。

「いかがした。遠慮いたすでない。ほれ、面をあげぬか」

何度催促しても、誰ひとり顔をあげずに、岩のように微動だにせず、平伏したままでいる。

「わしの命が聞けぬのか」

ついに堪忍袋の緒を切らし、神園は一歩前へ踏みだした。

すると、面前に座ったひとりが、ついっと顔をあげる。

「うっ、おぬしは」

蔵人介であった。

「何故、鬼役がここにおる」

「中村勝之進さまの弔いにござる。それだけではない。調所笑左衛門さまの思し召しでもある」

「思し召しだと」

「さよう、薩摩の奸臣を成敗せよとのご用命じゃ」

「ええい、黙れ。わしは幕臣ぞ。つい今し方、御黒書院にて上様におことばを頂戴した身ぞ」

「ご託は地獄で並べよ」
蔵人介は居合腰から、蛙のように跳ねた。
跳ねながら中空で脇差を抜き、的の喉に斬りつける。
――ひゅん。
仰けぞった神園が眸子を剝いた。
喉笛が眉月のごとく裂け、真っ赤な血が噴きだしてくる。
神園が屍骸となって畳に転がっても、白装束の御庭番たちは平伏したままでいた。
蔵人介は静かに納刀し、居ずまいを正すや、みなに向かって頭を垂れる。
襖際に立つ倉地誠四郎が、目を赤くして告げた。
「ご首尾をお祈り申しあげます」
蔵人介は無言でうなずき、部屋から素早く抜けだした。

一方、そのころ、吹上の馬場では弓始が催されていた。
弓自慢の幕臣たちが愛馬にまたがり、馬上から的を射抜くのである。
上覧席には公方家慶と大御所家斉が横並びで座り、各々の諸役人たちが左右に分かれて座った。

「つぎ、参れ」

行司の合図で、弓自慢たちが順に馬を繰りだす。

参列する重臣たちのなかには、郡上院伊予守のすがたもあった。

ひとりだけ、どうも様子がおかしい。

真っ青な顔で脇腹を押さえ、苦しそうにしている。

昼に食べた折だなと、本人は察していた。

諸役人が騎馬に注目しているのをさいわいに、そっと席から脱けだす。

吹上の端にある厠へ急いだ。

厠のなかへ滑りこみ、裾をからげて屈む。

御膳所から折を携えてきたのは、子飼いの御城坊主だ。

「糞坊主め、ただではおかぬ」

踏んばってことを済ませ、郡上院は立ちあがった。

裾を直しているところへ、背後から殺気が迫る。

厠のなかに忍んできたのは、蔵人介であった。

郡上院はぎょっとして、眸子を裂けんばかりに瞠る。

「……な、何じゃ、鬼役ではないか」

「お腹でもこわされましたか」

「ふむ、昼餉の折に中ったらしい」

「そう言えば、腐りかけた鮑が入れてありましたな」

「何じゃと」

「それがしの仕業にござる」

「えっ」

「おぬしのごとき奸臣は、生かしておいても世の中のためにならぬ」

蔵人介は橘右近に経緯を説き、郡上院に引導を渡す許しを得ていた。

「待て、わしは上様の懐刀ぞ。わしがおらぬようになったら、中奥の差配は誰がいたすというのじゃ。ほかにできる者はおるまい。わるいことは言わぬ。わしの配下になれば甘い汁を吸わせてやるぞ。のう、矛をおさめぬか」

「お喋りはそのくらいに。地獄で閻魔が待っております」

「後生じゃ、命だけは助けてくれ」

命のほかに欲しいものはない。

「ぬぐっ」

郡上院の腹に、身幅の広い剛刀の切っ先が刺しこまれた。

黒書院から拝借してきた日光助真の影打ちである。

「ぐひぇっ」

切っ先は背中へ抜け、後ろの板壁に突きささる。

郡上院伊予守は串刺しになり、甲虫のように四肢を震わせた。

血腥い風が吹きぬけても、的当てに注目する者たちは気づかない。

厠から出て曇天を見上げれば、鳶が屍肉を漁ろうと旋回している。

土埃を濛々と巻きあげて奔る馬の雄姿が、やけに煌めいてみえた。

十五

孫兵衛の初七日は済ませた。

澄みわたった蒼空には、綿雲がぽっかり浮かんでいる。

蔵人介は神楽坂を上りながら、父の面影を探していた。

「おまえは強い子だ。ほんとうに強い子だ」

幼いころ、父に言われたことがあった。

ひもじいおもいに耐え、東海道を歩いていたときであろうか。
あのとき――。
握り飯を手渡され、何処かの宿場の棒鼻(ぼうばな)で置いてけぼりにされた。
食べずに我慢して明け方を待ち、空腹に耐えかねて握り飯を頬張った。
そのとき、濃い朝靄のなかから父があらわれ、大きな手を差しのべた。
涙で顔をくしゃくしゃにしながら、この身を抱きしめてくれたのだ。
「捨てられぬ。おぬしを捨てられぬ」
そのことばとぬくもりが、幼い蔵人介にとってはすべてだった。
この人を父と呼ぼう。
父だとおもって、生きぬこう。
そう、幼心に決めたのを思いだした。
ほんとうは、ずっと忘れていたのだ。
孫兵衛が亡くなって数日経ち、忽然(こつぜん)と蘇ってきた記憶だった。
驚きもせず、うろたえもせず、ただ、みずからの運命(さだめ)を嚙みしめた。
人と人が出会うきっかけは、神仏が与えてくれるものだ。
孫兵衛との出会いは、蔵人介にとって奇蹟にほかならなかった。

出会いだけではない。日々のありふれた暮らしにこそ、奇蹟はある。

そのことに気づかされたとき、ともに語りあいたい相手はそばにいない。

「烏が父ちょは何処いたか、あの山こえて里へ行た、里からみやげはないないか、駄馬ん子一匹、牛ん子一匹……」

露地裏から、物悲しい歌が聞こえてきた。

遥かむかしに何処かで聞いたことがある。

蔵人介は急坂を上りきり、歌声のする小径へ歩を進めた。

ふと、歌声が途切れ、手鞠が足許へ転がってくる。

お煙草盆に結った娘が、目のまえに立っていた。

蔵人介は手鞠を拾い、微笑みながら娘に尋ねた。

「その歌、どこでおぼえたんだい」

「『まんさく』の爺ちゃんが、教えてくれたんだよ」

娘はそう言い、ふたたび、歌いながら手鞠をつきはじめる。

「烏が父ちょは何処いたか、あの山こえて里へ行た、里からみやげはないないか、駄馬ん子一匹、牛ん子一匹……」

おもいだした。

薩摩の手鞠歌だと、孫兵衛に教わった。
遠い記憶のなかで、歌ってもらったことがある。
娘の手鞠歌を背で聴きながら、小径のさきへ進んだ。
仕舞屋の門口に目を向ければ、白張提灯が外されている。
およう は気丈にも、今日から見世を再開すると言ってくれた。
「孫兵衛さまもきっと、それをお望みでしょうから」
常連客たちはもちろん、喜んでいることだろう。
志乃も幸恵も卯三郎も、そして串部も駆けつけているにちがいない。
「おう、来おったな」
耳を澄ませば、孫兵衛の陽気な声が聞こえてくる。
酒林のぶらさがる軒下には、金縷梅(まんさく)の花がまだ散らずに咲いていた。
雪解けの庭を吹きぬける風が、何とも心地よい。
蔵人介は少しためらい、板戸を引きあけた。
賑やかな客の笑い声が耳に飛びこんでくる。
おもったとおり、志乃たちは先着していた。
「蔵人介さま、こちらへ」

およように手招きされ、蔵人介は床几に座った。

「お父上が、これを忘れていたと仰って」

猪口に盛って出されたのは、蕗味噌であった。

「ありがたい」

さっそく、熱々のご飯に擦りつけ、ひと口抛りこむ。

紛れもなく、幼いころから親しんできた味だった。

「隠し味に情けをくわえるのじゃ」

と、孫兵衛が自慢げに囁きかけてくる。

「父上」

蔵人介の頰に一筋の涙が流れた。

およようが、志乃にそっと文を手渡している。

志乃は誰にも気づかれぬように文を開いた。


——志乃さま、ご無礼を顧みず、文をしたためております。

おかげさまで、蔵人介は一人前の幕臣になりました。これもひとえに、ご先代さまと志乃さまに頂戴したご厚情のたまものにござります。

お許しください。ひとことだけでも御礼せずにはいられませんでした。
末筆ながら、おからだをご自愛くださりませ。

生真面目な孫兵衛らしく、一字一字丁寧に記されている。
志乃は文を仕舞い、開けはなたれた板戸の外へ目をやった。

光文社文庫

文庫書下ろし／長編時代小説

慟哭(どうこく)　鬼役(おにやく)　十七

著者　坂岡(さかおか)　真(しん)

2015年12月20日　初版1刷発行

発行者　鈴木広和
印刷　慶昌堂印刷
製本　ナショナル製本

発行所　株式会社　光文社
〒112-8011　東京都文京区音羽1-16-6
電話（03）5395-8149　編集部
8116　書籍販売部
8125　業務部

落丁本・乱丁本は業務部にご連絡くだされば、お取替えいたします。

ISBN978-4-334-77218-5　Printed in Japan

組版　萩原印刷

お願い 光文社文庫をお読みになって、いかがでございましたか。「読後の感想」を編集部あてに、ぜひお送りください。

このほか光文社文庫では、どんな本をお読みになりましたか。これから、どういう本をご希望ですか。どの本も、誤植がないようつとめていますが、もしお気づきの点がございましたら、お教えください。ご職業、ご年齢などもお書きそえいただければ幸いです。当社の規定により本来の目的以外に使用せず、大切に扱わせていただきます。

光文社文庫編集部

キリトリ線

※ページ内側にあるキリトリ線で切って、備忘録にお使い下さい。

キリトリ線

鬼役メモ

※ページ内側にあるキリトリ線で切って、備忘録にお使い下さい。

キリトリ線

鬼役メモ

※ページ内側にあるキリトリ線で切って、備忘録にお使い下さい。

キリトリ線

鬼役メモ

※ページ内側にあるキリトリ線で切って、備忘録にお使い下さい。

鬼役メモ

粉骨砕身
がんばり申す

画・坂岡 真

※ページ内側にあるキリトリ線で切って、備忘録にお使い下さい。

キリトリ線

キリトリ線

鬼役メモ

※ページ内側にあるキリトリ線で切って、備忘録にお使い下さい。

鬼役メモ

画・坂岡 真

※ページ内側にあるキリトリ線で切って、備忘録にお使い下さい。

キリトリ線

キリトリ線

鬼役メモ

※ページ内側にあるキリトリ線で切って、備忘録にお使い下さい。